Antologi

Antologi

Blandade pärlor

Författade av:

Marianne Andersson

Eva Davidsson Larsson

Inger Gustavsson

Kirsten Hagen

Anders Näsström

Sten Axelson

© 2025 Sten Axelson
Förlag: BoD · Books on Demand,
Östermalmstorg 1, 114 42 Stockholm,
bod@bod.se
Tryck: Libri Plureos GmbH,
Friedensallee 273, 22763 Hamburg, Tyskland
ISBN: 978-91-8097-040-2

Min lilla kärlekshistoria

Av: Marianne Andersson

Du var åtta år gammal när vi träffades första gången. När jag fick syn på dig, kände jag att vi skulle passa för varann. Det var då du blev min. Bara min.

Vi har hängt ihop sedan dess. Det har i stort sett aldrig varit några större bekymmer oss emellan. Jag kan inte dra mig till minnes att du har trilskats eller varit tjurig någon gång, trots att vi umgåtts nästan dagligen.

Du fick problem med luftrören för ett antal år sedan, vilket du påpekade högt och tydligt.

Du fick då den hjälp som behövdes, och därefter fungerar utandningen som den ska.

Jag har givit dig den flytande föda du är i behov av för att få energi. Du har inte krävt särskilt mycket vilket är tur, då denna typ av vätska är ganska dyr.

Sedan jag blev pensionär och livet inte är lika hektiskt, har du också kunnat ta det lite lugnare, och inte behövt följa med mig ut i ur och skur. Vi kan numera tillbringa tiden tillsammans när vi känner för det. Mest när jag vill förstås. Vi behöver varann du och jag.

När vi är ute tillsammans vinkar folk igenkännande. Ett par riktiga kändisar har vi blivit med åren.

Jag har skött om dig av bästa förmåga, och du är fortfarande pigg och alert med lite småskavanker här och var. Du är ju ingen ungdom längre. Några bruna fläckar på huden är också normalt för din ålder sägs det, men jag blev ändå ledsen när det upptäcktes. Kanske en hudterapeut kan åtgärda det.

På din årliga hälsokontroll upptäcktes en defekt på ett ben. Som tur var gick det att rätta till. Värre var det då du började läcka. Alla runtomkring kände den starka doften du spred.

Du mådde inte bra. Kunde inte tillvarata all näring. Jag var tvungen att kosta på dig en större operation. Jag är lycklig och tacksam att det gick att åtgärda.

Nu kan vi fortsätta att umgås både på dina och mina villkor. Vi har en speciell relation då vi är riktiga veteraner båda två.

Jag hoppas vi kan få ännu några fina år tillsammans min älskade, gröna lilla Toyota.

Hissen.

Av: Eva Davidsson Larsson

"Hissjävel", skriker han rakt ut samtidigt som han frenetiskt tuggar på ett tuggummi.

"Alltså! Hur svårt kan det vara"?

Hans fingrar trycker oavbrutet på alla knappar som finns på den stänkmålade hissväggen.

"Har du tryckt på den med nödsignal på", frågar jag nästan ljudlöst.

" Ja, men du ser väl för fan att jag tryckt på alla knappar", fortsätter han i samma hetsiga ton.

"Den med nödsignal på ", försöker jag mig på med en något starkare röst.

"Tryck själv för helvete", ryter han mot mig.

Systematiskt börjar jag trycka; nödsignal, källarplan, bottenplan, andra, tredje, fjärde, femte våning. Ingenting händer.

"Där ser du", ropar han. Fattar du inte att vi sitter fast"?

Jag försöker lugna honom och även mig själv genom att säga:

"Det kommer väl snart någon som hört vår signal"!

Samtidigt som jag säger detta får jag syn på en kvinna i spegeln. Den plötsligt uppkomna paniken får henne att se ut som tagen ur en Lars Norénpjäs, utmärglad, grå, ögon som vill tränga ur sina hålor. Var detta jag? Jag som alltid får beröm för mitt vackra hår och mina glittrande ögon.

" Vad glor du på", skriker han.

" Ingenting", svarar jag.

"Alltså, man skulle haft sina ciggisar", fortsätter han.

" Du kunde ju ändå inte ha rökt i hissen. Det är rökförbud", hör jag mig själv säga.

Plötsligt börjar hans fingrar åter igen fara över alla hissknapparna. Detta gör att hans ena tröjärm kanar upp och det är då jag ser dem. Tatueringarna! Nästan hela hans högra underarm är täckt av ett blålila virrvarr. Jag har försökt att hänga med i alla nymodigheter, men tatueringar! En gång när jag var en så där fem, sex år hade jag upptäckt tre små prickar i min pappas vänstra tumveck. Det är luffarprickar, hade min pappa svarat och med det svaret var jag nöjd.

Jag tittar på min klocka som visar fem i halv sex. Att jag skulle behöva stanna kvar just idag. Men företaget har börjat gå bra och jag vill gärna visa framfötterna. Det är inte så lätt för en 56-årig kvinna att få arbete och att hitta ett nytt känns otänkbart även om jag ibland önskar att jag kunde.

Plötsligt hör jag en duns och känner att hissen rör sig en bit ner i hisschaktet.

" Sätt dig ner för helvete", vrålar han.

Snabbt sätter han sig ner med huvudet mellan knäna. Stora hål blottar hans nakna knäskålar. Jag har precis köpt nya vårbyxor på Pret a Porter för 1195 kronor. Skulle jag smutsa ner dem genom att sätta mig på det smutsiga golvet?

Jag tror att hon är från Filippinerna och där har de väl aldrig lärt sig att städa ordentligt! Men, rar ser hon ju ut, städerskan! Ytterligare en duns och jag faller fram i min fulla längd och hamnar precis bredvid honom.

" Jäkla artros", klagar jag.

"Det har morsan också", säger han.

" Kerstin", säger jag.

" Va"!

"Jag heter Kerstin".

"Patrik! Jag har sett dig i personalmatsalen. Fan, att det skulle hända just idag", muttrar han.

Dessa ungdomar! Så otåliga de är! Allt måste ske på en gång. Annat var det förr. Då fick man tåla sig. Nu känner jag mig plötsligt lite yr och smått illamående.

Smått hysteriskt trycker jag på alla knapparna och i spegeln ser jag två stora svettringar på min blus.

"För helvete, Kerstin. Sätt dig"!

"Tala inte till mig på det viset", skriker jag tillbaka. Jag försöker ju bara få igång hissen".

I ögonvrån ser jag då plötsligt hur Patrik sticker in handen innanför sin svarta skinnjacka och får fram ett grått föremål. Nu smäller det också hinner jag tänka.

Han viftar lite med föremålet och jag hinner uppfatta en röd text. Föremålet liknar en handgranat.

" Ska du ha en slurk? Jag fick kvar lite Red Bull sedan lunchen".

Jag stirrar på burken. Red Bull! Var inte det ett sådant där farligt kosttillskott med en massa hormonstörande ingredienser?

"Inte törstig", ljuger jag fram. Patrik sätter munnen till burken och sörplar ljudligt.

"Vänta", säger jag. Jag kanske ångrar mig sedan"!

Min klocka visar nu fyra minuter över nio. Sakta börjar jag inse att jag kanske ska bli tvungen att tillbringa natten i denna gallerförsedda cell. Eftersom klaustrofobi nästan är den enda fobi jag ännu inte har utvecklat var instängdheten inte det värsta problemet. Värre var att jag tillsammans med denne undermåligt klädde, tatuerade yngling med sitt ovårdade språk förmodligen skulle vara kvar här hela natten. Mina båda kinder blev saltblöta och smärtan från knäet gjorde sig påmind.

"Alltså, man skulle haft en sådan där mobiltelefon men de är dyra så här i början", förklarar han.

Jag hade väl sett någon användas men så modern hade jag inte blivit att jag köpt någon.

"Sluta snörvla Kerstin", nästan ber han. "Gråtande kärringar är det värsta som finns! Det har jag fått nog av hemifrån".

Jag tittar upp mot den gallerförsedda hisslampan där några flugor funnit vila.

" Alltså, morsan grät ofta innan farsan försvann".

Jag får upp en näsduk från handväskan som ligger upp och ner på golvet. Då ser jag Tupperwareburken med resterna från dagens lunch.

"Koriander", säger jag. "Varför måste de ha koriander i allting"?

Avocadoresterna har mörknat och ligger blötlagda i vattnet från gurkbitarna. En och annan champinjon simmar omkring som sällskap.

" Vill du ha", frågar jag. "Om du är hungrig alltså".

Jag räcker fram burken. Han plockar ur sitt tuggummi och kletar omsorgsfullt massan på knappen med symbolen nödsignal.

"Alltså, vilken jäkla ploj! Bygga ett stort jäkla skrytbygge på stans bästa tomt och sedan inte ha råd att kolla hissarna".

Jag nickar instämmande samtidigt som jag stoppar ett korianderblad i munnen.

Patrik tittar på min klocka.

" Rolex eller"? frågar han.

Jag skrattar till.

" Billig kopia från Ur&Penn".

Hans ögon blir plötsligt till små korpsvarta korpgluggar.

" Hör du", viskar han.

Ett taktfast ihåligt ljud som verkar komma från våningen ovanför. Kommer, går, kommer igen. Jag lägger örat mot hissväggen.

" Nu hör jag. Fotsteg, kan det vara fotsteg"?

Utan att egentligen veta varför tittar jag på min klocka. Tjugotvå minuter över tolv. Inte ens den mest ambitiöse på företaget arbetar vid denna tid.

" Nattvakten", säger han och skriker rakt ut som en krystande förstföderska.

"Hjälp, hjälp, hjälp".

Ovanför oss blir det alldeles tyst och för en kort sekund inbillar jag mig att någon hört oss. Men så hör jag ljudet igen.

" Hjälp", skriker jag och känner plötsligt att jag trampar i en pöl som blir större och större.

"Han hörde oss inte", säger Patrik.

Mina byxor från Pret a Porter klibbar sig fast mot mina fuktiga lår. Pölen blir till en slingrande rännil som sakta försvinner in under den gallerförsedda hissdörren. En känsla av fullständig förnedring griper tag i mig. Sakta glider jag ned mot golvet. Hur länge vi sedan sitter alldeles tysta är svårt att uppskatta.

Min blick hamnar på hans högra underarm.

"Vem är Curt"?

"Curt, det var farsan".

Han pillar lite på tatueringen samtidigt som han tittar på mig.

" Han dog i cancer när jag var elva och nu är det bara morsan och jag".

" Jag fick aldrig några barn", säger jag och undrar samtidigt varför jag redovisar detta för honom.

" Fan Kerstin, att du pinkade på dig", småler han mot mig.

"Du vet morsan ligger på sjukhus och jag skulle hälsat på henne efter jobbet igår. Nu ligger hon väl där och undrar. Jag brukar åka upp på torsdagarna. Hon fick något konstigt med magen och man blir ju orolig liksom. Du kan sitta på min skinnjacka", säger han samtidigt som han vänder den ut och in.

" Har du kvar något i burken"? frågar jag knappt hörbart. De sista dropparna smakar ljuvligt. Varenda del av min kropp värker och jag försöker låta bli att lyssna på min egen andning. Däremot hör jag Patrik andas ljudligare än innan.

" Hur är det", undrar jag.

" Alltså jag måste snart ut".

Han lägger sig på sidan och försöker räta ut sig så mycket han kan. Hans tatuerade arm lyser utmanande mot mig.

" Hur var Curt, din pappa", frågar jag.

" Helt okey utom när han söp. Då var han inte snäll mot morsan. Han fick cancer i levern av allt supande. Det var väl ett straff".

Jag börjar plötsligt känna en slags medkänsla. Samtidigt som jag brottas med alla mina fördomar. Sakta glider min kropp ner bredvid honom. Det luktar från den svarta skinnjackan som nu får tjäna om huvudkudde. Långsamt faller jag in i samma andning som Patrik som verkar ha lugnat ner sig. Hisslampan blinkar oroväckande och i ett sista försök att belysa vår tillvaro ger den upp. Jag orkar inte längre oroa mig! Tröttheten och värken tar över. Vi ligger nära varandra för att hålla värmen. Curt, Patrik och jag.

När hissdörren senare öppnas orkar jag inte ens bli förvånad! Där utanför står städerskan iklädd en rock med loggan Gina Tricot på. I handen bär hon en hink, också den med samma logga.

"Jag glömde städa här igår kväll", säger hon.

Vi reser oss sakta och går ut ur hissen. Jag ser att hon tittar på en Tupperwareburk som står längst in i hissen till bredden fylld med en stinkande gul vätska. Hon säger ingenting. Hon ser så rar ut, städerskan. Det har hon alltid gjort!

Lillasysters hemlighet

Av: Inger Gustavsson

Det är en onsdag i oktober. Jag är ledig från jobbet och har några ensamma timmar framför mig innan lillflickan, som är sju år, kommer hem från skolan. Ofta passar jag på att klara av olika ärenden på min lediga dag, men denna förmiddag har jag vikt för storstädning av sjuåringens rum. Det behövs verkligen för hon är en riktig liten slarva. Jag fattar inte hur hon lyckas stöka till så totalt. Egentligen ska barnen ha eget ansvar för sina rum.

Plocka iordning, dammsuga någon gång och lägga smutstvätten i tvättstugan istället för på golvet bredvid sängarna. Det funkar rätt bra för de båda äldsta. De har förstått att det är trevligare att ha kompisar på besök om det går att ta sig fram på golvet och inte luktar allt för illa. Lillflickan är inte riktigt där ännu. Hon är mer inåtvänd och stillsam. Sitter gärna för sig själv och pysslar. Om hon vill ha sällskap, eller en lekkompis en stund duger storasyskonen och deras vänner bra.

Beväpnad med diverse städmaterial och ett löfte till mig själv om en riktig gofika när jag slutfört min mission, sätter jag igång.

På golvet, skrivbordet, stolen och i sängen trängs Barbiedockor och deras kläder med små legofigurer, smycken av plastpärlor, hårsnoddar, och mycket annat. Lillans egna kläder ligger utspridda lite här och där. Om man inte är städfanatiker och orolig över allt damm som gömmer sig under ytan kan man nog se det hela som en konstnärlig installation. Jag går grundligt tillväga. Garderoben och byrålådorna töms på kvarvarande plagg, innan jag torkar ur dem med såpvatten. Kläderna sorteras och de rena plaggen hänger jag tillbaka i fina rader. Sedan är det dags för leksaker och pysselmaterial. Det tar tid att samla ihop alla små prylar i rätt kategori och gruppera dem i hyllor och skåp. Skrivbordslådorna är ett sammelsurium av tomma godisförpackningar och skrynkliga teckningar. Pennor och hela samlingen med luktsuddgummin ligger både i lådor och på bordsskivan. Det är tur för henne att jag älskar att organisera och städa. Jag drar mig inte för att tömma ut hela innehållet, skura ur lådorna och lägga tillbaka alla sakerna på sin plats.

Nu är golvet tillgängligt för dammsugare och skurmopp. Fönster och fönsterbänk befrias från sitt dammlager och jag ställer dit ett par pelargonior från uterummet, istället för samlingen av diverse små plastprylar från flingpaket och Kinderägg. Hon samlar på det också. De får plats i ett hörn av bokhyllan.

Efter nästan tre timmar är jag äntligen klar. Det blev ett riktigt träningspass, men nu är det lilla flickrummet med sina rosablommiga tapeter och vita möbler, lika rent och väldoftande som i en Ajax-reklam. Tänk, så glad hon ska bli när hon kommer från skolan om en stund och får se detta!

På väg ur rummet ser jag i ögonvrån ett litet bortglömt hårspänne som ligger i skarven mellan tröskel och golv. Jag tar upp det, drar ut lådan i pigtittaren som står på skrivbordet och lägger det där. I samma stund sprider sig en obehaglig, kväljande lukt i rummet. Lite sötaktig och unken.

Aldrig förr har jag upplevt något så äckligt i doftväg. Var i hela friden kom det ifrån? Med bävan drar jag ut den lilla lådan igen. Där ligger några hårspännen och en tygsnodd. Och ett litet vitt paket. Det är fjäderlätt och jag känner tydligt att det är därifrån lukten härstammar. Mot bättre vetande vecklar jag upp den lilla rullen varv på varv av mjukt toalettpapper tills innehållet avslöjas. I min hand håller jag en liten, halvt förtorkad näbbmus.

Det är ingen tvekan om att det gått ett antal veckor sedan han sprang sina sista varv på terrängbanan bakom vårt hus. Snabbt lindar jag tillbaka den i sin profana svepning och låter den glida tillbaka till sin viloplats. Det är bara det att nu känner jag att hela pigtittaren med sitt innehåll är helt genomsyrad av den otäcka lukten, I panik bär jag helt enkelt ut den, med innehåll och allt, och släpper ner den i soptunnan. Det hjälpte. Efter en rejäl vädring, återgår rummet till sitt förtjusande ursprung.

När dottern någon timme senare kommer från skolan ställs hon till svars. De milda bruna ögonen i det lilla runda ansiktet mörknar av ilska.

- Men mamma, du har förstört mitt experiment. Jag ville ju se när det förvandlas till ett skelett! Pigtittaren bekymrar hon sig inte om. Inte heller verkar hon så värst imponerad av mitt slit med hennes rum.

Där och då bestämmer jag mig för att vi hädanefter städar hennes domäner tillsammans.

Ansvaret

Av: Kirsten Hagen

Jag tittade med stora ögon på min moster. Hörde jag rätt? Jo, hon sa tydligen att jag skulle få gå och hämta korna i beteshagen själv. Med pirr i magen och bultande hjärta gav jag mig iväg. Det var ganska långt att gå och lite otäckt när jag gick genom en mörk skog men jag visste att snart kom jag fram till kohagen. Korna hajade till när de såg mig och kom med raska steg fram till grinden. Rosa med bjällran först. Jag klappade henne och hon svarade med att dreglande slicka mig på handen med sin grova och sträva tunga. Jag torkade av mig på min röda sommarklänning och öppnade grinden försiktigt. Korna studsade ut och sprätte med bakbenen. Jag småsprang så jag kom först i ledet så de inte skulle gå åt fel håll. Kor kan vara både dumma och kloka på samma gång, hade moster sagt en gång. Jag funderade på hur det kom sig, men nu följde de mig längs stigen som tur var. På vissa ställen var det rätt så olänt och plötsligt ramlade jag och rev upp mig i det vassa snåret. Aj, jag kollade på mina knän och såg att jag blödde. Jag ville inte lipa, kanske skulle korna bli oroliga och de kunde ändå inte hjälpa mig. Haltande gick jag vidare. Korna, som hade stannat brått när jag snubblade, kom nu in i sin vanliga lunk igen och snart var vi vid fäboden där moster väntade. "Men kära lilla vän, vad har hänt?" Hon tittade förskräckt på mina blodiga ben. Först nu vågade jag snyfta till. Hon drog upp en näsduk från sitt förkläde så jag kunde snyta mig. Därefter hämtade hon en hink med vatten och baddade mina knän. "Kom, så tar vi in korna i båsen och sätter oss och mjölkar." Hon log mot mig och jag blev lättare till mods. Jag hade provat på att mjölka tidigare men var inte så bra på det. Nu satte jag mig till rätta på den lilla pallen och med spannen mellan knäna och huvudet lutande mot den trygga kon drog jag försiktigt i kons spenar. Snart hade jag fått in en rytmisk rörelse så mjölken rann fint ner i spannen. Stolt visade jag moster min mjölkspann. "Men så duktig du har varit i dag!" Moster rufsade mig i håret. "Hämtat korna själv och nu mjölkat Rosa!" Jag kände mig stolt. Kanske var det då – denna sommar när jag var tio år – som jag la grunden till att bli en både modig och självständig tjej. "Får jag hämta korna själv i morgon också?" Jag tittade vädjande på min moster. "Ja, det får du, men då får vi sätta plåster på dina knän först." Jag nickade och gav henne en kram. Jag såg redan fram emot morgondagen. Med eller utan plåster.

Flytten.

Av: Anders Näsström

En viss oro hade märkts i lägret under den sista tiden. Det tisslades och tasslades överallt om vilken tid som var den rätta och när den skulle komma. Vissa påstod att tiden redan var här nu.

Det var de mest vågade individerna som kände en oro i kroppen och gärna ville veta vad som fanns bortom horisontlinjen. De flesta är försiktigare och känner att det är bäst att vänta lite till. När de mest vågade ger sig av ropar vi efter dem att vi skall ses när vi kom efter. De svarar att det hoppades de med.

Det skulle bli roligt att få återse sin födelseplats igen. Jag upplever det att det var jättelänge sedan vi flyttade därifrån. Undrar om jag kommer att känna igen mig. Det är ju betydligt mer än halva mitt liv som jag bott här. Det känns spännande att det snart skall bära av, men en viss ängslan känner jag ändå. Skall vi verkligen hitta. De äldre i gruppen berättar gärna om alla sina flyttar, det är väl bara att lita på dem, de verkar ju så självsäkra. Varje kväll ligger jag och blundar och för mitt inre ser jag som en film om hur vi ger oss av. Det brukar inte ta många sekunder innan jag sover gott. Jag brukar vakna av att solen skiner mig rätt i ögonen. Sträcker på mig och skakar sömnen ur kroppen. Ser mig omkring. Det verkar som några redan gett sig av i gryningen för att kunna komma så långt som möjligt första dagen. Känner en viss ledsnad över att jag inte fick önska dem lycka till. Men jag förstå att de inte ville vänta tills alla morgontrötta hade vaknat. Ser mig runt omkring och registrerar att både mamma och pappa samt alla mina syskon är kvar. Inte för jag tror att någon av dem skulle överge mig, men jag får bekänna, att jag är lite rädd för det ändå. Efter frukosten verkar det nästan som pappa funderar på att nu är det tid att ge sig av. Men mamma som är lite försiktigare har känt att det skall bli oväder.

Smakade på ordet oväder. Men det är ju ändå väder, fastän bara lite intensivare. Ok, låt gå för det. Det som mamma har anat skall snart visa sig borta vid horisonten i väster. Först är det bara ett smalt streck. Ljusgrått till färgen men för varje minut intar det en mörkare nyans och nya streck läggs till molnbanken. Snart har det smala strecket vid horisonten blivit en svart himmelstäcke som ändrade utseende för varje minut. Ingen i gruppen känner nu för att ge sig av. Jag erfar att det är dags att söka skydd. Men var kan man hitta det på en öppen gräsklädd äng. Det finns buskar utspridda över hela ängen.

Jag skyndar mig till den närmsta busken, men innan jag kommit fram ser jag att det redan var fullbelagt under grenarna. Det är likadant vid varje buske jag letar. Inser till slut att det bara är att lägga sig ner och kura ihop sig så bra det går.

Snart börjar det blåsa upp och lukten av regn blir bara starkare och starkare. Efter bara några minuter är det över oss. Vattendropparna är så stora att det gör ont när jag träffas av dem. Det är tyst. Endast någon ensam unge saknar trygghet och ropar. Det följs snabbt av ett rop tillbaka från en förälder om att hålla modet uppe.

Efter några timmar har vädret förändrats och solen lyser åter. Den skickar ner värmande strålar som värmer och hjälper till att torka alla de våta individerna.

Mamma och pappa har bestämt att imorgon far vi. Jag har lite svårt att somna den kvällen. Men då månen stiger upp borta i öster och de första stjärnorna blinkande tänds på himlen kommer jag till ro. Jag vaknar av att mamma puttar på mig.

Det har blivit dags att ge sig av efter frukost. Tar ordentlig sats och breder ut vingarna. Känner marken försvinna efter något enstaka vingslag.

De kvarvarande ropar till oss och önskar oss välgång på färden. Vi svarar att vi syns vid Akka. Vi stiger högre och bildar den vanliga v-formationen.

Vi är på väg.

Älvan

av: Sten Axelson

Jag är på väg till Karesuando. Klockan är en bit över tio på kvällen. Jag har anmält att jag kommer att ha en sen ankomst, men man har lovat att vänta på mig på hotellet med det ståtliga namnet Grand Hotell i Karesuando. Namnet är nog taget en gång i tiden när man hade förhoppningar om en framgångsrik verksamhet, men i dag har hotellet bara sex rum precis så som det hade från början för trettio år sedan. Jag är stamgäst där sedan tio år tillbaka och betraktar hotellets ägarinna som en gammal god vän. När man har många hotellnätter som en nödvändig del av sitt arbete så uppskattar man verkligen sådana ställen som Grand i Karesuando till skillnad från de många likartade större hotellen.

När jag kör långa sträckor brukar jag ha för vana att minst en gång varannan timma stanna och gå ut för en promenad på några hundra meter. Detta för att inte bli för trött och somna bakom ratten. Men i kväll var vädret så dåligt så jag hade avstått från denna vana och hade nu kört i fyra timmar. Nu är det bara tio mil kvar till Karesuando så jag spelar musik med hög volym och försöker sjunga med, allt för att inte somna. Sikten är dålig och plötsligt står hon där vid vägkanten och vinkar åt mig att stanna. Jag får syn på henne när hon bara är tjugo meter framför mig så jag trampar bromsen i botten och lyckas stanna en meter framför henne.

Jag vevar ner rutan och undrar vad det är frågan om.

– Kan jag få åka med en bit, säger flickan.

Hon kan inte vara mer är arton – nitton år. Hon är bara klädd i en tunn klänning. Både den och hennes hår verkar genomblött.

– Hoppa in säger jag. Du måste ju frysa så tunt klädd som du är i det här ovädret.

Hon går runt bilen och sätter sig i framsätet.

– Du skall till Karesuando, säger hon.

Det låter som ett påstående men jag förutsätter att det är en fråga så jag svarar.

– Ja, jag skall till Grand Hotell, säger jag.

– Jag vet, säger hon och fortsätter: Jag vet en genväg dit som du kan tjäna mycket på att ta. Om en kilometer kommer en avtagsväg till höger. Ta den.

Jag vet inte det. Jag brukar alltid åka den här vägen och känner väl till den.

Hon lägger en hand på min arm och säger mycket enträget:

– Gör som jag säger så kan jag lova dig att du inte kommer att ångra dig.

Jag är mycket tveksam. Det är nu bara ett par mil innan vi är framme i Karesuando och jag har inte lust med några omvägar. Men nu dyker avtagsvägen upp och trots min tvekan svänger jag in på den. Vi åker under tystnad på vägen som nu bytt från asfalt till grus. Vi passerar över älven på en gammal gisten träbro som jag helst inte skulle ha velat köra på men som det nu var, hade jag inte mycket val. En kort stund senare är vi framme i Karesuando och flickan säger hur jag skall köra och strax är vi framme vid Grand.

– Vart skall du någonstans då, frågar jag?

– Det blir jättebra för mig här svarar flickan. Tack för skjutsen.

Innan jag hinner säga något mer är hon borta och när jag stigit ur bilen kan jag inte se henne någonstans. Jag tar min väska och går in på hotellet där hotellägaren Asta väntar på mig.

– Välkommen, säger hon. Du får ditt vanliga rum. Jag har ställt in ett par smörgåsar och en pilsner.

– Du är en pärla Asta, säger jag. Precis vad jag behöver.

– Jag blev lite orolig att det hänt dig något säger Asta. Stora bron över älven har rasat och det är minst ett par bilar som körde ner i vattnet innan de hann stoppa trafiken. Du hade jättetur som hann över innan det hände.

– Jag kom inte den vägen sa jag. Jag hade en passagerare som liftade med mig en bit och hon visade mig en annan väg som hon sa var mycket kortare, men jag undrar om den verkligen var det. Men den gick i alla fall över en gammal träbro som jag nästan trodde skulle rasa, men det gjorde den ju inte.

– Märkligt sa Asta. Det måste ha varit Guds försyn som såg till att skicka henne i din väg.

Vi önskade varandra en god natt och mina smörgåsar är som vanligt perfekta. Nästa morgon vaknar jag pigg och utvilad efter en natts god sömn. Efter frukost tar jag min väska och går till Asta för att betala för mig. Hon sitter inne på sitt lilla kontor och jag sätter mig och pratar med henne en stund. När jag sitter där i besöksstolen ser jag ett porträtt som står på en byrå vid sidan om. Det är en bild av en ung flicka och till min förvåning ser jag att det är den unga lifterskan från i går.

– Det var ju hon som liftade med mig i går kväll, säger jag. Känner du henne?

Asta sätter en hand för munnen och tittar på mig med stora ögon.

– Det där är min dotter Katarina. Hon dog för tio år sedan. Hon drunknade i älven.

Min morgonpromenad i Huluskogen i juni år 2023

Av: Marianne Andersson

När jag klivit ur sängen till skogs det bär
för att väcka liv i själ och kropp.
Där möts jag av koltrastens morgonkonsert
högst upp i granens topp.

Jag kikar upp på en himmel så blå,
mot trädens skiftande grönska.
Att få vara frisk och att här kunna gå,
vad kan jag mig mera önska.

Jag möter en matte med älskad hund
på sin vanliga morgontur,
vi stannar och pratar en liten stund,
medan vovven nosar bland gran och fur.

Blåbär - och lingonris har marken draperat,
men av karten finns inte ett spår.
Torkan och värmen har dessa raserat,
får se om det blir några bär i år.

Solens strålar nu tittar fram
bland bok, björk och ek.
De dansar så ljust ifrån stam till stam
i skogens härliga bibliotek.

En ynnest att fåglarnas sång kunna höra.
Vad pratar de om månntro?
Melodierna klingar så ljuvt i mitt öra.
Jag tror det finns ungar i deras bo.

Att få bo i Sverige med vår allemansrätt.
I min skog känns det rofyllt och tryggt.
Att sen gå hem och äta sig mätt
och kaffe, som maken har bryggt.

TORPET.

Av: Eva Davidsson Larsson

Morfar och jag på väg mot ett av livets stora äventyr. Vi går på den solvarma lilla grusvägen. Lite småstenar letar sig ilsket in i mina nya sommarsandaler. Morfar bär den tunga, blanka hinken med repet hängandes bakom liksom en lång orm. Jag bär omsorgsfullt den lätta rosa hinken av plast.

Snart är vi framme. Morfar stampar hårt i gräset för att skrämma iväg farliga odjur såsom ormar och paddor. Jag gör likadant. Att en och annan smörboll och rallarros bryter nacken tänker vi inte på. Nu öppnar han brunnslocket och jag får titta ner i den mörka avgrunden. Vant släpper han sedan ner sin hink och fångar upp den med det klaraste vatten. Varenda droppe häller han sedan över i min hink för att göra om samma procedur igen. Morfar lägger på brunnslocket och bär hem hinkarna till torpet där mormor väntar.

Hon har förberett en plats på köksbänken som är klädd med en blommig vaxduk. För att inte objudna insekter ska ta ett gratisbad har hon lagt på två brickor.

HON GÖR SOM HON BRUKAR.

Det sprakar i den gamla järnspisen när mormor öppnar luckan och tar ut en mjuk sockerkaka. Det gäller att stoppa in lagom många vedträn för att få rätt temperatur. Lite bränd har den blivit men smakar ändå gott till tre glas hemkokt jordgubbssaft. Mormor serverar morfar kaffe ur en nyputsad kopparkittel.

Efter tre glas saft springer jag raskt över till den kombinerade vedboden och utedasset. Att dra ner underbyxorna inför drottning Viktoria och kung Oscar känns konstigt men de har väl sett det mesta.

DET ÄR SOM DET BRUKAR.

Från min upphöjda tron ser jag genom fönstret ut över gårdsplanen där mamma, pappa, lillebror, moster, morbror och två småkusiner hoppar ut ur sina bilar. Matkassar packas ur och en del av innehållet bärs bort till den gamla jordkällaren. Moster har kassler, mamma fläskkotletter och mormor ståtar med en kalvstek.

Det är trångt i köket och kvinnorna svettas över grytorna. Jag räknar till tio när alla har satt sig för att äta i det enda rummet i torpet.

Efter middagen bärs madrasser, filtar och en gammal transistorradio ut på gräsmattan. Morfar och mormor slumrar till.

DET ÄR SOM DET BRUKAR.

Ibland bjuds vi på musik från den gamla vevgrammofonen. Vi barn skrattar när musiken går från ett mycket snabbt tempo till ett mycket utdraget och långsamt sådant.

Det står en lekstuga på tomten. Den är flyttad från vår trädgård inne i Borås. Den leker småkusinerna i nu. Jag tycker kanske att jag är lite för stor. Inredningen är ganska spartansk, en blåmålad bänk, ett väggfast skåp med småkoppar av riktigt porslin och därtill två små korgstolar. Kusinerna städar, plockar och de få saker som finns bärs ut och in.

Leken och dagen fortskrider tills det är tid för kvällsmat och kvällsproceduren. Utdragssängar trollas fram, sängskåp likaså, sängar med resårbottnar vecklas ut för att ge plats. Morfars säng ställs närmast öppningen mot det lilla köket.

Måhända har jag förstått i vuxen ålder att detta var en bra lösning, ifall blåsan behövde tömmas nattetid. Sedan väntar vi alla på, att morbror med hjälp av sina händer ska visa upp sina skuggfigurer mot den månupplysta väggen. Harar, hundar, älgar med horn trollar han fram innan natten lägger sitt varma täcke över oss alla.

DET ÄR SOM DET BRUKAR.

Ny frisyr

Av: Inger Gustavsson

Med glad förväntan öppnade jag dörren till salongen och steg in. Det är alltid trevligt att träffa Barbro, min frisör och småprata om ditt och datt medan hon vant fixar till min korta grå page. En frisyr jag haft det senaste decenniet. Ja faktiskt sedan jag började gå till Barbro. Innan dess bytte jag ofta både färg och hårlängd. Nu var jag nöjd med min lättskötta och praktiska frisyr.

Till min förvåning möttes jag i dörren av en ung tjej. Barbro driver sin lilla frisering helt ensam, och har aldrig pratat om att utöka.

- Hej, jag heter Maja och vickar för Barbro som tyvärr ramlade på väg hit i morse och skadade armen. Hon fick åka in till akuten, stackaren, och väntar just nu på besked från läkaren. Men hon bad mig rycka in åt henne. Egentligen har jag ledigt från mitt vanliga jobb idag, men det är klart man ställer upp! Hon log glatt mot mig.

Jag stannade tveksamt kvar i dörröppningen. Maja verkade visserligen söt och rar men hennes egen kalufs, hastigt ihopsamlad i en tofs mitt på huvudet, och tatueringarna på underarmarna ingav inget större förtroende.

Det var trist med Barbro såklart. Kanske skulle det dröja flera veckor innan hon var tillbaka.

- Okej då, men du vet att du bara ska ta ett par centimetrar i topparna.

- Toppen, strålade Maja. Vi börjar väl med tvätt och det där färgschampot du brukar ha. Barbro har förklarat.

Hon satte igång med hårtvätten medan hon nynnade med i rockmusiken som strömmade ur högtalarna. Allt verkade frid och fröjd och jag slappnade av allt mer. Länge, ovanligt länge, satt jag med huvudet bakåtlutat medan vattnet sköljde över skalpen. Både Maja och musiken hade tystnat. Till slut var det i alla fall klart och jag flyttade över till frisörstolen. När Maja långsamt virade av den våta handduken förstod jag varför tvätten hade tagit så lång tid. Våra panikslagna blickar möttes i spegeln Jag nöp mig i armen, men det var ingen mardröm. Mitt alldagliga grå hår hade antagit en färg som starkt påminnde om halloweenpumpan jag passerade på väg hit. Vem av oss som var mest olycklig vet jag inte, men hennes förtvivlade blick väckte moderskänslorna i mig och jag försökte trösta oss båda.

- Det måste väl gå att ta bort? Du har väl något medel som avfärgar?
- Nej, svarade hon olyckligt. Den här färgen är permanent och försvinner bara med utväxten. Man kan förstås använda olika medel och dämpa det värsta, men det är inte säkert att det funkar på ditt hår. Jag är så hemskt ledsen, jag måste ha tagit fel flaska i skåpet med schampo och färg.
- Men snälla du, vad ska vi göra åt detta då? Jag började tänka på alla möten och evenemang jag hade inbokat de närmaste veckorna, och som jag nu undrade om jag skulle behöva avboka.

Flickan som stod bakom mig med kammen i ena handen och, ve och fasa, saxen i den andra påminde snarare om ett barn som leker frisör. Hon kanske inte alls har någon utbildning? Men Barbro skulle väl hellre avbokat mig, än lämnat över till en amatör?

- Kanske det ljusnar när det torkat, suckade jag och försökte intala oss båda mod i den olyckliga situationen.

- Just det, hon sken upp. Ska vi ta en liten toppning då? Hon klippte med saxen i luften.

- Jag vet inte, vore det inte bäst att vänta med det tills Barbro är tillbaka igen? Om du bara är snäll och fönar det så är jag nöjd.

- Är du säker? Topparna är väldigt slitna och verkar ha tagit åt sig mer färg än resten av håret.

Det avgjorde saken. Jag gav upp och hon skred till verket med sax och kam.

En lång stund satt jag fördjupad i min mobil och undvek att titta upp. Det var dumt, för rätt som det är avbröt hon sitt nynnande för att fråga hur jag ville ha luggen. Jag har inte haft lugg på flera år. Undrande tittade jag upp. Medan jag antagit att hon jobbat på med att klippa toppar, hade oväntade ting hänt. Luggfrågan blev helt logisk när jag såg resultatet av Majas flit. Ihop med den kortklippta nacken och de små polisongerna hon lämnat vid öronen, passade det inte alls med de långa hårslingorna som tidigare legat snett över pannan, och som äntligen efter flera års väntan, räckte till att lägga bakom öronen.

- Men Maja, vad har du gjort?

- Alltså, det är inte så himla lätt att klippa så här rakt hår och jag försökte verkligen, med det blev liksom bara kortare hela tiden. Så då tänkte jag att en sån här liten pixiecut egentligen passar dig mycket bättre än page.

- Det är verkligen inte upp till dig att bestämma! Förresten har jag aldrig hört talas om pixiecut. Mina moderskänslor var helt försvunna, och nu var jag bara arg. Jag trodde vi var överens, varför frågade du inte mig?

- För att du skulle bi sur så klart, och det var ju ändå försent.

Underläppen darrade och tårarna började rulla.

- Det är jag som borde gråta, men du får väl i alla fall se till att klippa den där luggen innan du bryter ihop helt! Det sista nästan röt jag fram.

Hon klippte färdigt, och fönade de sorgliga resterna under tystnad.

Jag kände prövande på den lilla återstoden av min kalufs. Den klädde mig onekligen riktig bra. Det fick man ändå ge den tillfälliga och antagligen snart arbetslösa unga damen. Beroende på hur mycket jag valde att berätta för Barbro, vill säga.

Vännerna i bokklubben studsade lite när jag tog av mig mössan och satte mig vid bordet på caféet där vi brukade träffas. Men de hämtade sig snabbt och sparade inte på superlativen. Jag fick höra att jag aldrig varit så snygg, och alla ville veta var jag fått min nya look.

Maja fick en hel rad nya kunder som, till skillnad från mig, inte alls var rädda för att lägga sitt öde, i hennes händer.

Barbro var nöjd med att jag drog nya kunder, och hade inga problem med att jag i fortsättning hellre gick till hennes unga kollega. Tvärtom, de båda är numera kompanjoner och Maja ska så småningom ta över salongen. Det händer att jag saknar tiden före förvandlingen men var sak har sin tid och just nu är det Majas tid. Bara att hänga med i utvecklingen. Om ni visste hur kul man har som pumpafärgad pensionär!

Privatparkeringen.

Hanna tittade ner på parkeringsplatsen. Men är det inte….
Jo, minsann, visst var det Inger och hennes man Björn!
Hon kunde då inte ta så fel? Hanna spanade igen. Hennes
lägenhet låg på höjden med fin utsikt både mot åsarna i
norr och mot sjön åt söder. Det var en bit att gå ner till
hennes parkering, men härliga vyer hade hon från sina
fönster.

Inger och Björn började nu gå neröver gatan och snart var
de utom synhåll. Vart hade de tänkt sig tro? Och visste de
att det var på hennes parkering de hade ställt sig? Hannas
bil var på verkstan och det var fullt på parkeringen
förövrigt, så givetvis gjorde det inget att de stod där, men
det var ett lustigt sammanträffande. Hanna smålog lite för
sig själv.

Det var länge sen hon hade träffat Inger nu. De hade varit
ett kompisgäng på fyra tjejer, men numera bodde de alla på
rätt så långt avstånd från varandra.

Inger och Björn hade flyttat ner till Varberg för några år
sedan, sålt sitt hus och bosatt sig i sommarstugan
permanent. Själv hade Hanna nyligen flyttat in i den
nybyggda lägenheten i staden. Hon saknade sina tidigare
väninnor och det blev numera högst en gång per sommar
som de alla lyckades få till en träff i Ingers stuga, numera
utbyggd till ett härligt året-runt-hus med uteplats och
badtunna.

Nu var det dock ett par år sen de hade setts, mest på grund
av pandemin. Men vad gjorde Inger och mannen i staden så

här på sensommaren? Hade de tänkt ge upp sitt liv vid kusten och köpa en lägenhet här i trakten? Hanna hade god lust att messa eller ringa Inger och fråga, men nej, skärpning, sa hon strängt till sig själv. Så nyfiken får man inte vara!

Hon fick en idé. Hon log lite för sig själv. Fattade en penna och ett styvare pappersark och skrev lite myndigt på arket: "Denna bil står på en privat parkering och jag som innehavare av den har nu inte möjlighet att kunna ställa min egen bil där. Jag ber Er vänligen komma upp till min lägenhet så vi kan göra upp i godo. En ersättning till mig vore lämplig." Hanna skrev sitt hus- och lägenhetsnummer och gav sig ner till parkeringen med lappen.

Hon kollade sig snabbt omkring men såg vare sig Inger eller Björn, så hon fäste lappen snabbt bakom ena torkarbladet och skyndade upp till sin lägenhet igen. Hoppas de inte blir arga på mig nu, tänkte hon. De kanske bara åker i väg och struntar i lappen. Ojoj, då kommer jag aldrig våga säga att det var jag... Hon kastade ett öga ut genom vardagsrumsfönstret igen, och minsann där kom de gående! De fick båda syn på lappen, läste den, pratade med varandra och kollade upp mot huset där Hanna bodde. Nu kom de gående uppför trappan längs husväggen. Hanna hörde att de öppnade ytterdörren och snart plingade det på. Hanna rättade till håret, tog mod till sig och öppnade. Inger blev först stående och endast stirrade på Hanna, sen brast hon ut i ett gapskratt och omfamnade henne. Björn hummade också där i bakgrunden.

"Kom in, kom in", sa Hanna, "Jag hoppas ni vill ha kaffe, jag har hembakade bullar också." "Jättegärna!" sa de båda i kör. "Vilken glad överraskning!", sa Inger. "Vi var här i närheten och skulle kolla på en lägenhet till vår dotter som ska börja studera på Högskolan här i Borås. Och nu när jag vet var du bor så hoppas jag vi kan ses lite oftare!"

"Och så gott det ska bli med kaffe och bullar i stället för parkeringsböter", utbrast Björn och kramade om Hanna han också.

Bilbesiktningen.

Av: Anders Nässtöm

Evy hade precis tänt stearinljusen på bordet i lunchrummet då Nicklas kom in. Han torkade sina händer som nu hade återtagit sin rosa färg.

Han hade nämligen gått igenom grosshandlare Bengtssons gamla skrälle till bil. Bengtsson var en snål rackare som helst använde silvertejp och plastic padding då han skulle reparera bilen. Fjädrarna var utslitna för att inte tala om stötdämparna. När grosshandlaren beställer tid för besiktning brukar personalen köra med "sten sax påse" för att se vem som skulle ha oturen att besiktiga skrothögen.

Evy slipper nu för tiden att vara med om att besiktiga bilarna, för nu jobbade hon som chef för stationen.

- Är det någon som fyller år idag, undrade Nicklas.

- Nej. Det är på gränsen att det skulle kunna kallas för muta. Direktör Ludvig var här i förra veckan och hans bil gick igenom utan några problem.

- Heter han Ludvig i efternamn?

- Ja hans släkt kommer från Tyskland. Han heter Sten i förnamn.

- Ha, svårt att veta vilket som är förnamn eller efternamn. Sten Ludvig eller Ludvig Sten.

Nu kommer de andra på station in för trekaffet. De sätter sig ner runt bordet. När alla fått kaffe säger Evy.

- Direktör Sten Ludvig var och besiktigade sin bil igår. Det är han som bjuder oss på tårta, han var tvungen att hastigt åka ner till Tyskland för hans mamma hade blivit sjuk. Han var glad att han inte behövde skaffa en hyrbil för resan.

- Jag skulle vilja se grosshandlar Bengtsson komma med tårta. Inflikade Nicklas.

Alla runt bordet skrattade.

- Niklas, du som hade oturen i år får hugga in på tårtan. Sa Evy och sköt över tårtan till honom.

- Vad skall ni äta, sa Nicklas med ett flin.

- Så stor i mun som du är tar väl du hela tårtan i en enda tugga. Mumlade någon.

- Sluta bråka nu, sa Evy.

När tårtan gått laget runt och alla fått smaka på tårtan började det lossa på tungbanden.

- Minns ni den tuffe nyblivne bilisten skulle stila och köra in bilen själv. Han tog sats och slant av kopplingen. Bilen tog ett skutt in hoppade över lyften och slog i väggen. Jag tror att bilen blev väl minst en halv meter kortare. Vi fick ju tillkalla

bärgare för att få ut honom.

- Ja det var sista gången han körde bil, sa Evy.

Polisen fick ju komma för skadornas skull. De drog in hans körkort för gott.

- Kommer ni ihåg den där gamla skrothögen som en lärarinna hade. När vi skulle kolla framvagnen och ruskade bilen så lossnade först ljuddämparen och föll ned på golvet. Hon stod bredvid och hoppade högt. Sedan vek sig bilen och sidorutan på vänster sida sprack. Föll den stackaren i gråt. Det var arvet från hennes pappa som gick upp i rök. Berättade Per.

- Undrar vad som skulle hänt om hon varit ute ock kört ner i ett potthål, inflikade Olle.

- Du Olle, var det inte du som gjorde en redig vurpa häromåret. Inflikade Per.

- Jo, jag knackade på oljetråget på en gammal Volvo. Jag märkte inte något underligt med det och fortsatte undersökningen. Det visade sig att oljepluggen inte var ordentligt fastskruvad, men olja och vägsmuts hade gjort att det var tätt. Men nu började det läcka bakom ryggen på mig. När jag tog ett steg bakåt trampade jag i oljan och slog en frivolt. När jag försökte resa mig upp gick det inte. Jag hade brutit foten. Ambulansen fick komma och hämta mig. Sjukvårdaren tittade ner på mig minns jag. Han frågade om det var jag som gett honom en tvåa på bilen. Jag hade så ont att jag inte hängde med vad han sa. Sedan fortsatte han och sa att han bara skojade. Han gav mig en smärtstillande spruta innan han stagade upp foten med en skena innan de lyfte mig. Det tog ett bra tag innan foten läkte men nu känns den bra. Men kommer han hit med en bil skall jag banne mig ge honom en tvåa.

- Ja det har hänt mycket roligt här, sa Evy. Nästa vecka skall jag åka hem till Tjappsåive för älgjakten. Olle du får hoppa in som chef under tiden. Du har ju gjort det förut så du kan det.

- Inga problem, men tag med dig en älgstek som kompensation.

- Sätt fart nu, sa Evy. Det står några därute som vill få sin bil misshandlad av er.

Jakten på den stulna skatten. av: Sten Axelson

- Hjälp! Ta fast tjuven.

Skriket från kvinnan som hänger ut i fönstret på andra våningen ekar på den lugna gatan i det förnäma kvarteret. Östen och Teofil har just satt sig för att pusta lite på var sin kokssäck som de skulle leverera till Aktuarie Månsson som bor just i den fastighet som fruntimret skriker från.

- Var är han hur ser han ut vad har han tagit, ropar Teofil.

- Ja men det är ju han som springer där med plommonstop och med ett kassaskrin under armen, ropar fruntimret tillbaka.

- Jag ser honom, kom så fångar vi honom ropar Östen.

Och så sätter de båda kamraterna iväg för allt vad de är mäktiga till. Mannen med plommonstopet är kanske tjugo meter borta, men han är uppenbarligen en ganska god löpare för efter några minuters jakt har avståndet ökat till det dubbla. De har nu kommit ut på vägen förbi sjukhusparken och den flyende fortsätter rakt fram på gatan som går runt parken.

- Vi genskjuter honom med att springa genom parken, ropar Teofil.

Taktiken var mycket lyckad för när de kom ut ur parken springer tjuven precis förbi dem och det är nästan att de kolliderar. Östen försöker gripa tag i mannen men denne slänger ut en arm och träffar Östen mitt på näsan. Det gör ont så han vacklar till och mannen kommer undan och får åter en liten lucka till sina förföljare. Nu ökar försprånget igen och efter fem minuter är han säkert fyrtio meter borta. Han springer nu förbi en liten skogsdunge och viker hastigt in i denna så att Östen och Teofil förlorar ögonkontakten.

- Han ligger nog och trycker någonstans, säger Östen, dungen är inte så stor, så om han lämnat den, borde vi ha sett honom. Vi går och letar här lite grand.

Letandet är dock resultatlöst och när de inte kan hitta tjuven någonstans börjar de tröttna och eftersom Östen som fått smällen på näsan blöder ganska ordentligt med näsblod bestämmer de sig för att ge upp och börjar sakta gå tillbaka till platsen där de lämnat sina kokssäckar. När de kommit ett stycke på väg hör de något som låter som om någon hamrar på något metalliskt och kan man tänka sig där står en man i plommonstop och slår ett svart plåtskrin mot en sten vid sidan av gatan.

- Det är han, ropar Teofil, dumt nog, för om han inte ropat, så hade de kanske kunnat smyga sig på honom, då han verkar vara mycket upptagen med att få upp skrinet.

Nu tas jakten upp igen men tydligen har tjuven tröttnat för nu ökar inte avståndet som tidigare. Nu springer de förbi sjukhusparken igen, men den här gången tar tjuven vägen in i parken och ner på gångstigen fram till bron över ån längst ner. Där slänger han ifrån sig skrinet, som hamnar i ån med ett plask. Skrinet sjunker inte genast så med ett vigt hopp över räcket dyker Teofil ner i ån och får tag i skrinet precis innan det skall till att sjunka. Dock sjunker han själv ner under vattenbyten med ett blubb. När han efter en bra stund inte kommit upp till ytan, hoppar Östen i och får tag i Teofil och bogserar in honom till stranden. Teofil har fortfarande skrinet i ett krampaktigt grepp.

- Varför i hela friden hoppade du i, du vet ju att du inte kan simma?

- Ja, frustar Teofil och plockar bort en förskrämd groda som fastnat innanför västen. Jag glömde bort det i ivern att få tag på skrinet.

- Du är ju inte riktigt klok, men vi har i alla fall fått tag på skrinet och nu ska vi nog få en rejäl belöning.

Tillbaka på brottsplatsen har nu aktuarie Månsson kommit hem och Östen och Teofil, som med vattnet droppande från sina våta kläder, stolt lämnar över det lika blöta och nu ganska buckliga skrinet. Samtidigt får de berätta sin spännande historia.

- Jag får tacka så mycket för ert rådiga ingripande, säger Månsson, men ni hade inte behövt anstränga er så mycket för det är bara lite gamla brev i skrinet. Men här får ni varsin tvåkrona som tack för er insats.

Men ni får allt bära ner kokssäckarna till källaren också.

Sällsamma Dubbelnamns klubben.

Av: Marianne Andersson

Hon viker ihop tidningen. Tittar på väggklockan. - Oj, redan halv tio, mumlar hon.

Hon sitter länge vid frukostbordet sedan pensionärslivet började för två år sedan, men idag har hon en tid att passa. Har lovat möta Rosa-Sigrid vid kiosken. På väg ut kommer hon ihåg avfallspåsen under diskbänken som måste slängas. Med den i ena hanen och väskan i den andra kliver hon ut i trapphuset. Men på nästa avsats vrider sig den vänstra foten. Hon faller. Soppåsen flyger sin egen väg. Var den hamnar vet hon inte. Bryr sig inte.

Med hjälp av trappräcket drar hon sig sakta upp. Det smärtar i vänster fot – Aj ,Aj.

Entrédörren öppnas och en yngling springer uppför trapporna. Han stannar och frågar hur läget är?

- Det gör ont i foten svarar hon och sträcker fram den.

- Du måste få den undersökt.

- Nej, jag måste iväg. Har en tid att passa.

- Jag hämtar morsan! ropar han och rusar uppför apporna. - Hon kan köra dig

Mamman till den unge mannen som bor två våningar upp kommer fram till henne och presenterar sig som Eva-Doris.

- Jag heter Greta-Birgit, svarar hon och räcker fram höger hand till hälsning.

- Vilket vackert namn, utbrister grannfrun.

- Tack. Förr hatade jag det, men har börjat tycka om det mer och mer. Har fått vänja mig. Du har också ett annorlunda dubbelnamn.

- Det är efter min mormor och farmor, svarar Eva-Doris.
De ler mot varann.
Vänster fot värker, men är nog bara en stukning.
- Jag ska möta en väninna, som också har ett annorlunda
namn säger Greta-Birgit.
- Förra året bildade vi en klubb för alla med ovanliga
dubbelnamn. Vi träffas en gång i veckan hemma hos
varandra. Förmiddag eller eftermiddag. Vilket som passar
bäst. Dricker kaffe, pratar och diskuterar allt mellan
himmel och jord. Ibland kommer kortleken fram. Om
vädret tillåter går vi en promenad. Idag ska vi till Björn-
Orvar. Han bakar fantastiska wienerbröd. Vi är tre kvinnor
och två män mellan 58 till 75 år. Du är också välkommen.
Nästa gång träffas vi på fredag klockan 11.00 hemma hos
mig. Det är ju bara ett par trappor ner.
- Ja tack det vore trevligt. Vi har ju ändå något gemensamt,
svarar grannfrun och följer henne nerför trapporna.
- Tack nu klarar jag mig. Hon påminns om smärtan i
vänster fot. Hon måste skynda till Rosa - Sigrid.

Hemma hos Björn- Orvar som är äldst och änkeman är alla
samlade. De ber om ursäkt för sen ankomst. Kaffedoften
möter dem i hallen. Vänster fot värker.
Stig-Anders är nybliven pensionär. Frun arbetar fortfarande
i en ICA affär.
- De klarar sig inte utan henne, påstår han. Idag har han
lånat sin sons gitarr. Han spelar och den som kan och vill
sjunger med. Inga-Kerstin som är yngst i gänget har en
vacker sångröst och vill gärna få det bekräftat. Så även
denna förmiddag. "I natt jag drömde…" är en favorit, som
alla stämmer upp i.

Rosa-Sigrid pratar ofta om att hon fått sitt namn från två av familjens kor. I barndomen kallades hon Kossan. Hon minns ensamheten och mobbningen på grund av namnet. I detta sällskap har hon funnit vänner för livet.

- Tack för kaffet och en trevlig stund i gemenskap.

Välkomna till mig på fredag.

Greta-Birgit reser sig från soffan och haltar ut från rummet. Hon påminns om smärtan och svullnaden i vänster fot.

Dansen.

Av: Eva Davidsson Larsson

Det var länge sedan Brita Andersson varit ute på dans. Hon hade fullt upp på dagarna. Hon var numera högsta ansvarig på Frälsningsarméns mödrahem. Hon hade känt sig smickrad över sin befordran och arbetade egentligen mer än hon behövde. Så på lediga stunder och när helgen kom blev det mest handarbete, korsord, lite tv-tittande och så det vanliga som måste skötas i ett hushåll. Hon led ingen brist på kvinnliga vänner och efter manligt sällskap på närmare plan längtade hon inte. Hon levde ensam sedan Bengt fyra år tidigare hastigt hade lämnat henne efter en kort tids sjukdom.

Men igår hade Kerstin, en ny undersköterska på arbetet, frågat henne om hon skulle följa med till Göteborg och dansa. Kvällen hade börjat bra hemma hos Kerstin där det bjöds på kaffe och några glas lilafärgad likör. Parfait dámour hette den visst. Så hade det blivit buss till Göteborg. Med lätta steg bar det av till Generalen, ett känt dansställe enligt Kerstin. Brita hade en blommig klänning och en sko med bekväm klack. Kerstin bar en kort, snäv kjol och skor med höga klackar. Kan man dansa i sådana, hann Brita tänka innan herrarna nästan flockades kring Kerstin.

Brita blev sittandes ensam. Det syntes nog på henne hur ovan hon var med detta besöket och inte ens det nyinköpta rouget gjorde henne rättvisa. Men så vid elvatiden dök Åke upp. Ja, egentligen heter jag Nils-Åke men alla mina vänner kallar mig bara Åke, sa han. Åke kunde det där med foxtrot och gott luktade han också! Det blev många danser och när Kerstin kom springande och sa att sista bussen snart skulle gå hade Brita och Åke hunnit byta telefonnummer. 0322/43218 skrev Brita upp på baksidan av en något skrynklig servett.

Veckan därpå ringde telefonen en sen kväll. Brita hade först inte tänkt svara men så tog nyfikenheten över. När hon till slut svarade hörde hon Åkes mörka stämma. Det var nästan så att hon kände en begynnande hjärtklappning. Åke hade tyckt att det varit en så fin danskväll och hade tänkt mycket på Brita under dagarna som gått. Efter nästan tjugo minuters samtal, ja Brita tittade på väggklockan i köket, så bestämdes det att Åke skulle komma till Borås på lördag eftermiddag.

Bland det bästa Brita visste var Napoleonbakelser. Därför styrdes stegen mot Wahlströms konditori på Stora Brogatan. Åke beställde in en stor räksmörgås. Samtalet flöt på och när servitrisen kom med notan letade Åke febrilt efter sin plånbok utan resultat. Den ligger nog kvar i bilen, förklarade han. Brita betalade givetvis. Pengar hade hon så det räckte. Hon hade fått en bra slant över för huset som hon hade sålt efter Bengts död. Arbetet med den stora trädgården orkade Brita inte riktigt med och nu trivdes hon så bra i sin tvårumslägenhet på nedre Norrmalm. Hon hade berättat för Åke att hon lagt ner en hel del pengar i lägenheten. Åke hade lyssnat intresserat och berättat att han också hade en tvårummare med bästa läget i Alingsås, Rådmansgatan 4 A med en fantastisk utsikt över Mjörn. Brita hade i sin ungdom gått på Hjälmareds folkhögskola och kände till Alingsås ganska bra. Detta berättade hon emellertid inte för Åke.

När de tog farväl bestämde de att ses nästföljande fredag. Ibland kan en arbetsvecka kännas lång. Brita berättade för Kerstin att hon börjat träffa Åke och det verkade nästan på Kerstin som om hon var avundssjuk. När Åke kom på fredagskvällen hade han som vanligt parkerat bilen på Krokhallstorget. Att han var stolt över sin bil, förstod Brita.

Eftersom de alltid träffades på Stora torget hade Brita aldrig sett bilen, men av beskrivningen att döma förstod hon att det måste vara en riktig pärla. Åke hade bokat bord på Stadskällaren. Servitören kom med matsedeln och Brita och Åke bestämde sig för nästan samma meny. Räkcocktail och sedan plankstek med spritsat potatismos, haricots verts och som efterrätt tog Brita brylépudding och Åke tog inlagda päron med vispad grädde. Eftersom Brita redan vid deras första träff berättat mycket om sig själv började hon nu bli mer nyfiken på vad Åke arbetade med. Ingenjör på Vårgårda armatur. Oj, vad det lät spännande, tyckte Brita. Inte så långt med bilen från Alingsås. Med den nya bilen går det snabbt, berättade han stolt.

De båda tyckte nog att planksteken var bland det godaste de hade ätit. Bara 45 kronor och det var den verkligen värd. Åke hade beställt in två snapsar till förrätten, en till dem var. Brita kände sig nästan lite yr. Starkvaror blev det inte så mycket av hemma. Och hur skulle det gå för Åke som skulle ta bilen hem. Det hinner gå över, förklarade han erfaret. Klockan kvart över tio tyckte nog Brita att det var dags att ta in notan. 213 kronor och 75 öre. När Åke länge letat i sin plånbok och bara hittat 18 kronor var han ju tvungen att berätta som det var. På vägen från Alingsås hade han stannat för att tanka och sedan hade han inte tänkt på att bankerna stängde klockan tre på fredagar. Brita tittade länge på Åke men betalade de resterande 195 kronorna och 75 öre. Någon dricks lämnade hon inte. Åke bad om ursäkt men lovade att han givetvis skulle betala tillbaka nästa gång de sågs. Denna kväll fick inte Åke någon kram och med hastiga steg begav sig Brita hem mot Norrmalm.

 Arbetet på mödrahemmet har Brita alltid trivts med mycket bra. Eftersom hon själv aldrig fick några barnbarn får hon nu varje dag ta del och njuta av små barn och fastän hon ibland får dela tragiska människoöden känns detta arbete, oerhört tacksamt och givande. Arbetstiderna kan ju variera och att arbeta helger ingår ibland. Så blev det nu lördagen den 30 april. Därför tänkte Brita att hon kunde byta om på arbetet och sedan gå direkt till mötet med Åke. Detta hade hon meddelat honom.

 Klockan hade hunnit bli nästan kvart över sju när Brita lämnade mödrahemmet. När hon kommit över gatan hade hon ganska bra uppsikt över Krokhallstorget. Plötsligt fick hon i ögonvrån syn på en man som kom susande på en blå moped i riktning mot torget. Brita stannade nästan paralyserad. Visst var det Åke! Hade den nya bilen redan gått sönder eller varför åkte han moped? Hon bestämde sig för att låtsas som ingenting, gick med snabba steg i riktning mot Stora torget hela tiden orolig för att bli upptäckt. Hon satte sig snabbt ner på stenmuren vid Gustav II Adolfstatyn och pustade ut. Där kom han.

Efter en snabb kram frågade Brita om det hade gått bra att parkera bilen vid Krokhallstorget som vanligt. Ja, kärran är parkerad, glänste Åke. Brita log lite för sig själv, tog Åke i armkrok och vandrade runt bland de vackra vårplanteringarna.

Torget var fullt med glada människor. Synd att vi inte hann lyssna på alla vackra vårsånger, tänkte Brita. Men sångarna hade redan försvunnit från rådhusterrassen. Brita gick och väntade på att Åke skulle ta upp frågan om sin restaurangskuld, men så blev inte fallet. Lite mat skulle allt smaka, föreslog Åke. Eftersom de inte hade bokat bord och då Britas matlust inte var den bästa idag föreslog hon att de skulle slinka in på första bästa ställe där man kunde få i sig något lätt. Åke såg nästan lite besviken ut men travade efter Brita.

Varsin ägg- och sillsmörgås fick det bli. Kaffe till Brita och en pilsner till Åke. Samtalet gick lite trögt och efter en stund ursäktade sig Brita. Hon skulle bara besöka damrummet.

Åke satt kvar och drack det sista ur sin pilsner. Istället för att gå till damrummet smet Brita så snabbt och osynligt hon någonsin kunde ut genom ytterdörren. Hon rundade snabbt hörnet upp mot Allégatan. Halvspringande var hon snart framme vid Yxhammargatan. Under tiden hon sprang hade hon fått en ingivelse.

Väl hemma satte hon sig ner vid köksbordet. Väggklockan stirrade emot henne nästan hånfullt. Efter moget övervägande reste hon sig upp och gick fram till telefonen. Hon slog numret på nummerskivan.0322/43218. När fyra signaler gått fram svarade en kvinnlig röst på andra sidan tråden. Jag söker Åke Svensson, sa Brita utan att presentera sig. Min man är tyvärr inte hemma, han åkte iväg för att hjälpa en kamrat för några timmar sedan. Brita bad om ursäkt för att hon ringt så sent och lade snabbt på luren.

Nere på restaurangen satt en mycket förvånad Åke omgiven av en hovmästare och en servitör och försökte reda ut hur notan skulle betalas.

På Rådmansgatan 5 A satt en kvinna och väntade på sin balkong. Någon utsikt över Mjörn hade hon aldrig haft.

I köket på nedre Norrmalm satt Brita och försökte fylla i de sista rutorna i Hemmets veckotidnings korsord.

Följande vecka hade lokaltidningen ute en platsannons där man sökte en lagerarbetare till Vårgårda armatur. Den förre hade enligt rykten fått sparken på grund av förskingring. Men, man ska kanske inte alltid tro på rykten och skvaller.

Drömkåken Av: Inger Gustavsson

Det var dags för en förändring. Monika, min hustru trivdes inte i vår nuvarande lägenhet så vi bestämde oss för att söka något nytt.

En lång tid satt vi nästan varje kväll och letade bland lediga bostäder på Hemnet. Det blev till slut en trevlig, gemensam hobby. Men att hitta den perfekta bostaden verkade vara svårare än att vinna på Lotto. Var det inte fel på omgivningarna, så verkade planlösningen opraktisk. Det mesta vi hittade var dessutom helt enkelt för dyrt för oss. Efter något halvår hade vi nästan gett upp hoppet.

Men en eftermiddag när jag slog på datorn, dök det upp ett nytt objekt. En fastighet i Småland, ungefär trettio mil bort, var till salu. Enligt annonsen skulle där finnas både en rejäl mangårdsbyggnad och flera uthus på en parkliknande tomt. Det var väl inte exakt vad vi egentligen var ute efter, men det var något med annonsen som lockade mig. Priset var också tilltalande. Strax under en miljon. Det hade vi råd med. Jag ringde mäklaren direkt och bokade in en visning.

Vi var välkomna redan nästa dag. Monika ville först inte följa med. Hon hade ingen större lust med en så lång resa bara för att titta på en rivningskåk, som hon uttryckte det. Men hellre än att låta mig åka själv, följde hon motvilligt med.

Mäklaren var redan där när vi svängde in på uppfarten. Det var en vacker höstdag och de väldiga lönnarna på framsidan skiftade i gult, orange och rött. Det vita boningshuset med sina gröna knutar såg lite bedagat ut i solskenet, men vem gör inte det på ålderns höst? Vi vandrade från det ena rummet till det andra medan mäklaren berättade och förklarade. Det mesta är bevarat sedan byggåret 1918, sa han. Man kan betrakta det som halvmodernt. Kallvattenledning från egen brunn är indragen. Kran i köket. Värmeelement saknas men i nästan varje rum finns kakelugnar att elda i.

Min fantasi skenade och jag föreställde mig behagliga kvällar i brasans sken. Trasmattor på de knarrande trägolven och självklart en farfarsklocka på någon vägg. Visst förstod jag att det krävdes en del fixande. Målning och tapetsering. Men det är säkert fort gjort. Man har väl sett Sommartorpet med Kirschsteiger på TV! Och några liter färg kan väl inte vara så dyrt. I trädgården promenerade vi längs de övervuxna grusgångarna och undersökte resterna av rabatter och trädgårdsland. Ett förfallet växthus doldes nästan helt av buskar och träd, och dammen i bortre änden av tomten innehöll mer bottenslam och alger än vatten. Monika fastnade lite dumt i ett vildvuxet hallonsnår så jackärmen gick sönder. Hon konstaterade torrt att mäklaren borde ha upplyst om att vi behövde ha sekatör och såg för att ta oss fram i terrängen. I bilen på väg hem var jag som nyförälskad. Att tänka på något annat var omöjligt. Det var så självklart, det var där vi hörde hemma. Monika var lite dämpad och lät mig prata på. Jag antog att hon var lite trött och tagen av alla fantastiska nya intryck. Hon satt och pillade lite på den där förargliga revan i jackan och följde vägen framför oss med blicken.

Det har gått en tid sedan vår utflykt och vi har bestämt oss. Monika har flyttat in i en liten tvåa i närheten av vår gamla lägenhet. Det är tråkigt att hon inte ville följa med mig till huset i Småland. Men hon har sagt att hon gärna kommer och hälsar på till sommaren.

Fel dag. Av: Kirsten Hagen

"Vad kul!" utbrast Carina. "Det ser jag fram emot!" Hon hade precis fått en trevlig förfrågan på telefonen från sin kompis Åsa om hon kunde tänka sig följa med på en country-show med Cina Samuelsson på Sagateatern nästa fredag. Åsa hade två biljetter, men då hennes man hade blivit sjuk, så undrade Åsa om Carina ville hänga med. De båda väninnorna gillade country och Carina blev riktigt glad. "Vi kan ses på Viskan en timma innan om du vill", fortsatte Åsa, "så tar vi en bit mat och ett glas vin." De båda bodde med gångavstånd till centrum så det borde funka. "Vi får pälsa på oss", sa Carina. "Det ska bli kallt framöver." Det var mitten av januari och minusgrader ute, och kallare skulle det bli.

Det kändes bra med en varmrätt och ett glas rött, vilket gjorde att de båda fick värmen i kroppen igen. "Oj! "Åsa tittade på klockan. "Nu måste vi skynda oss, det är bara tio minuter till showen börjar och vi måste hinna hänga av oss i garderoben också." De småsprang bort till Sagateatern. Det gick snabbt i garderoben, alla var tydligen på sina platser redan och då Åsa skulle visa fram sina biljetter i dörren viftade dörrvakten bara in dem. "Vi har platserna på bakersta raden längst ut", viskade Åsa. De smög försiktigt in och damp ner på platserna. Ridån gick upp, men... både Åsa och Carina tittade förvånade mot scenen. Där var ett par skådespelare på gång och framförde en sketch och det kändes inte som det passade in i countryshowen precis. Väninnorna såg på varandra med förundran i blicken, kollade åter mot scenen där nu ytterligare ett par skådespelare var på gång. Publiken skrattade. Vare sig Åsa eller Carina hade fått med sig vad det här handlade om. Nu kände Carina igen flera av skådisarna och var det inte han revymannen….? Hon tyckte sig känna igen hans röst när flera av dem framförde ett nummer, något om *Borås, Borås*.. "Vi får bara avvakta och gilla läget." Åsa viskade tyst till Carina, som nickade stumt. Det verkade dock inte som någon countrysångerska var på gång, ej heller den sortens musik. Nu fick de koncentrera sig på vad som hände där uppe på scenen och snart började de få kläm på att det var någon form av revy. Det framfördes en del bra låtar som de kände igen och skojiga texter om Borås och liv och leverne i staden. De smålog lite för sig själva och applåderade. Tiden gick fort och en paus annonserades. "Kan det vara så att Cina Samuelsson har blivit sjuk och att det här är någon form av reservföreställning?" Carina kikade på väninnan och undrade. "Det verkar ändå konstigt", svarade Åsa. "Har jag tänkt och sagt fel om tiden? Är det kanske senare i kväll?" Hon drog upp biljetterna från väskan. Å nej… det här är inte sant! Som tur var, ropade hon det inte högt, och de flesta hade gått ut i foajén för att ta ett glas vin i baren. "Vad är det?" Carina såg granskande på henne. "Showen är i morgon! Lördagen den femtonde januari!" "Ja, det är ju fredag idag", svarade Carina, samtidigt som hon brast i skratt. "Å herregud! " Åsa kände sig stressad. "Här sitter vi utan biljetter!" Hon kikade sig omkring, rädd för att någon skulle se hennes skyldiga min. "Jag måste googla på vad det är vi sitter och kollar! Det är Kalsongrevyn! Ojoj, jag har aldrig sett den tidigare, men nu vet man det." Hon småflinade lite hon också. Ljuset dämpades och de bestämde sig för att se klart revyn. Den var ju riktigt bra!

Arvehuset.

Av: Anders Näsström

Ranja satt och spanade ut genom bilfönstret. Hon försökte se om hon kände igen sig. Det var mer än trettio år sedan hon var i dessa trakter.

Hon hade varit hos mormor och morfar varje sommar tills de gick bort. De visste att deras dotter, Ranjas mamma, inte var intresserade av det lilla jordbruket uppe i Jämtland. Så de hade arrenderat ut gården till en granne. Han skulle ha rätt att bruka jorden hela sin livstid om han ville. Nu hade han gått bort och nu var det Ranja som fått ärva gården. Under dessa trettio år hade många av de krokiga småvägarna asfalterats och rätats ut, så det var inte mycket Ranja kände igen. Någon enstaka gård tyckte hon sig känna igen. Då kunde hon inte undvika att ropa till sin man Lasse att det där kände hon igen och viftade ihärdigt med handen. Ibland framför ögonen på honom om de låg på vänster sida. GPS-kartan i bilen visade att de snart skulle vara framme. Lasse började blinka åt höger för att komma in på den lilla skogsvägen som skulle leda fram till deras nyärvda gård. De hoppades att arrendatorn skulle ha vårdat huset trots att han inte bodde i det. Ranja känner igen den lilla sjön på höger sida. Hon blir riktigt uppspelt när hon berättar om sina minnen då hon och mormor brukade gå ner sjön för att bada.

Mormor brukade säga att hon badade, men det var mest ett litet fotbad hon nöjde sig med, om det var riktigt varmt. I annat fall satt hon på den medtagna filten och stickade medan hon höll ett vakande öga på Ranja. Hon fick inte gå längre ut än att hon bottnade. De hade lovat henne att om

hon tog simborgarmärket i badhuset under vintern skulle
hon få börja simma i sjön, men bara om någon vuxen var
med som kunde dra upp henne om hon fick kramp eller
blev för trött.

Samma vinter som hon tog sitt eftertraktade
simborgarmärke avled hennes morföräldrar med bara några
månaders mellanrum. Men hennes bevis på att hon kunde
simma hade suttit uppnålad på en liten sköld tillsammans
med andra märken från några olika idrotter. I går lossade
hon simborgarmärket från skölden och satte fast den på T-
shirten för hon ville ha den på sig då hon gick ner till sjön
tillsammans med Lasse.

Nu var de framme. Ranja fick hoppa ut för att öppna den
gamla trägrinden som skulle hindra husdjuren att smita ut.
Lasse tog fart över ett litet gupp och var sedan uppe på
gårdsplanen. När Ranja kom upp efter det hon stängt
grinden fick hon se en Lasse som såg mycket fundersam ut.
Hon ställde sig bredvid sin make och bara tittade.

Huset var mycket mindre än hon mindes. För
henne hade det varit likt ett sagoslott med glasveranda där
mormor, morfar och hon brukade sitta och inta kvällsfikat.
Mormor och morfar drack kaffe och hon fick ett stort glas
hallonsaft tillsammans med hembakade kanelbullar och en
skiva tigerkaka. När mormor gick till köket för att diska
brukade morfar berätta sagor för henne. Mest gillade hon
sagor med modiga riddare som slogs mot drakar för att
rädda den söta prinsessan som draken höll fången. Men nu
är den tiden förbi och huset hade minskat i storlek och den
fina gula färgen med de röda fönsterbågarna hade
förvandlats till spretande flagor av någon obestämd färg.
Några glasrutor var trasiga och nödtorftigt överspikade

med brädbitar. Bägge stod där och såg på förödelsen. Lasse funderade på hur mycket det skulle kosta att riva allt och sälja gården. Ranja däremot såg huset ommålat och de ruttna brädorna utbytta mot nya friska norrländska kärnvirkesbrädor. Nyckeln skulle vara gömd inne i fähuset bakom karet där gröpen till grisarna tilllagades. Ranja fann den lätt för hon mindes hur det såg ut därinne när hon brukade hjälpa morfar med djuren.

Nyckeln passade och ytterdörren gick lätt upp med bara ett litet knirkande från gångjärnen. Inne var det en lite unken doft av ouppvärmt hus. Men det fanns ingen mögellukt. Inne i köket tronade den gamla AGA-spisen. Den såg till att hela huset värmdes upp. Om de kunde få dit en sotare för att inspektera rökgångarna skulle snart huset vara varmt och beboeligt. Under sin rundvandring i huset visade det sig att inget tydde på att vatten skulle ha läkt in vilket var bra. Det hade börja skymma och Ranja och Lasse bestämde sig för gå ner till sjön för att ta ett kvällsbad innan de återvände till hotellet i Östersund. Nere vi vattenbrynet tog hon av sig simborgarmärket och doppade i vattnet.

- Nu vet Du mormor, jag kan simma och tack för alla badstunder.

På vägen tillbaka till Östersund diskuterade de vad de skulle göra med gården. När Lasse hörde Ranjas utläggningar om renovering förstod han att det här huset betydde så mycket för henne att det fanns inget annat att göra än att renovera stället och det skulle bli ett riktigt bra drömställe för deras döttrar både för sommar- och vinteraktiviteter.

En rar fågel   av: Sten Axelson

Min gamla faster har i över trettio år drivit ett litet
pensionat och krog på stranden av sjön Bolmen i Ljungby
kommun. Jag brukar alltid tillbringa en vecka på våren hos
henne.
Vid årets besök blir jag som alltid väl emottagen och får
mitt vanliga rum.
Efter att jag packat upp sätter vi oss för en kopp kaffe i
stora matsalen, där vi konstigt nog är alldeles ensamma.

- Var är alla andra gäster, frågar jag?

- Ja det finns inga andra gäster, säger faster. Under
  pandemin försvann nästan alla och det verkar som
  om de gamla gästerna glömt bort mig efter det. Blir
  det ingen ändring snart måste jag stänga och sälja
  huset.

- Det kan du väl inte göra. Ditt pensionat är ju helt
  unikt och känt över hela Sverige.

- Just nu verkar det i alla fall som om alla har glömt
  bort det. Och huset kostar mycket att hålla igång.
  Med bara några enstaka gäster då och då går det inte
  ihop sig.

Efter vår kaffestund går jag en promenad och funderar på
det vi pratat om. Vad skulle man kunna hitta på så att
pensionatet blev lite omskrivet och folk hittade tillbaka hit?

Jag sätter mig på en bänk som är uppsatt på stigen ner mot sjön och när jag sitter där kommer en sidensvans flygande. Denna vackra färgglada fågelbulle är ju inte särskilt sällsynt men är ändå rolig att se på. Jag är lite intresserad av fåglar så jag brukar följa med på sociala medier vad som händer i fåglarnas värd.

Då kommer iden, detta är ju en perfekt plats för ornitologer att sitta och kolla på fåglar vid. Med ett litet pensionat att bo på mellan turerna. Eller bara för ett mål mat på krogen. Om man sprider ut att en extremt sällsynt fågel synts till på ängen här, så kommer trakten att invaderas av fågelskådare, som kommer att slå läger här på ängarna med sina kameror och bandspelare för att få en skymt av rariteten. De måste ju då både äta och sova emellanåt och som av en händelse ligger det ett pensionat inom gångavstånd

Det är ju tidig vår så det flyger väldigt mycket småfåglar i luften. Är det månne någon av dem som är extremt ovanlig? Trots att jag sitter där en god timma kommer det inte en fågel som jag inte känner igen. Detta duger ju inte, så jag måste använda mig av lite fantasi. När en liten fågel med rött bröst flyger förbi får jag klart för mig vilken art jag skall satsa på. Rubinnäktergal är extremt sällsynt i Sverige. Den har till dags dato endast observerats vid fyra tillfällen, alla väl dokumenterade. Den får det bli, tänker jag.

När jag kommer tillbaka till mitt rum plockar jag fram min dator och loggar in på en chatgrupp, dock under falskt namn, där jag lägger upp ett inlägg där jag bestämt hävdar att jag sett en Rubinnäktergal och att jag även hört ett okänt läte påminnande om trädgårdssångare men ändå inte riktigt samma. Rubinnäktergal har ett läte som påminner om Trädgårdssångarens.

Som plats anger jag ängarna nedanför pensionatet som sluttar ner mot Bolmen.

Tidigt nästa dag tar jag min fågelkamera och en hopfällbar stol och går ner och sätter mig på ängen. Jag behöver inte vänta länge innan jag får sällskap.

- Har du sett den? Frågar den förste, som kommer ner och sätter sig en bit från mig.

- Jag såg en skymt av något, som kunde vara den, men jag är inte säker. Svarar jag.

Vi sitter där tysta en stund och sedan kommer ytterligare några som ställer samma fråga och får samma svar. Efter två timmar är vi säkert tjugofem personer med varsin kamera som sitter och står på ängarna. Jag ser en rödhake sätta sig i ett träd femtio meter bort, så jag pekar och säger till min närmaste granne:

- Ser du vad det är för något.?

Han plockar fram sin kamerakikare och säger:

- Det är en rödhake.

- Nej inte den, säger jag, trädet bortanför.

- Jag ser inget, säger grannen.

Men våra rörelser har inte undgått resten av gänget. Allas kikare är nu riktade mot samma dunge, som ligger alldeles i strandkanten.

På sjön kommer nu en eka sakta roende med en ung pojke vid årorna, han närmar sig dungen.

Då hörs ett porlande drillande läte med inslag av hårda pressande toner och ljusa visslingar. Ljudet är tydligt, men hörs bara under någon minut för att inte mera återkomma. Hela flocken med skådare som nu är uppe i ett femtiotal, pratar i munnen på varandra och är helt överens om att detta måste vara en Rubinnäktergal. Gossen i ekan ror sakta vidare och det händer inte så mycket mer.

Jag lämnar nu ängen och går hem till pensionatet. Efter en liten stund kommer pojken som suttit i båten och lämnar tillbaka i-paden som jag försett honom med. Jag betalar honom överenskomna tvåhundra kronor och han tar bussen tillbaka till Ljungby.

- Jag vet inte vad jag skall ta mig till? Säger faster när jag kommer in till henne. Hela pensionatet är fullbelagt och alla skall ha mat till kvällen och frukost i morgon.

- Har du ingen personal på lut som kan hjälpa dig?

- Jo visst, men jag kan ju inte kalla in dem bara för ett dygn.

- Ring du alla, säger jag. Det här kommer att vara i flera veckor och många av dem kommer att komma tillbaka senare också.

En andra gång. Av:Marianne Andersson

Hon drar den smårutiga köksgardinen åt sidan. Noterar att utomhustermometern endast visar 15 grader och regnet smattrar mot fönsterrutan. Rör lätt vid blommorna i vasen på bordet.

" Tur att jag plockade dom igår" Hon pratar ofta högt med sig själv. Hon är van vid ett liv i enskildhet. Att inte störa eller vara i vägen för någon. Så har hon blivit uppfostrad. Nu väntar ännu en helg i ensamhet. Alldeles tyst och ödsligt i lägenheten. Hon står kvar framför fönstret och tänker tillbaka på sitt 62-åriga liv. Om det är tårar eller regndropparna mot rutan som gör synen suddig vet hon inte.

Greta-Birgit. Så heter hon. Uppvuxen i en ort i Norra Sverige. Enda barnet. Föräldrarna drev ett litet jordbruk. Pappan var också kyrkvaktmästare. Teater och musik var hans intressen .Två personer han avgudade var Greta Garbo och Birgit Nilsson. Därför fick hon namnet Greta-Birgit. Hon har aldrig tyckt om det. Greta-Birgit Nilsdotter. Detta hade fadern bestämt. Modern höll med i alla hans beslut. I hemmet rådde sträng disciplin av en dominant far. Hon minns skolåren och mobbningen, som var hennes vardag. Ingen riktig vän. Allt firande och kalas förbjöds. Ansågs som fånerier enligt honom. Hon satt mest på sitt rum. Ensam. Läste och lyssnade på rockmusik i smyg ,då operaarior var det enda som tilläts innanför hemmets väggar. Fortsatt skolgång och utbildning ansåg pappan var onödig. Det var en självklarhet att hon skulle ta över verksamheten på gården. Sedan åtta år är båda föräldrarna borta och hon är ensam i sin lägenhet.

En ringsignal från dörrklockan stör hennes tankar och hon rycker till. - Vem kan vilja mig något idag? mumlar hon som vanligt för sig själv. Öppnar och där står två arbetskamrater.

De vill att hon ska följa med till parken och midsommarfirandet där.

 - Nej inte i detta vädret svarar hon Jag är inte så mycket för dans och fest. Jag var där en gång för flera år sedan men det var inget för mig,

- .Nej jag stannar hemma och tittar på TV. De båda kollegorna kliver över tröskeln och in i hallen.

– Vi väntar här tills du kommer med, säger en av dem. Hon har alltid trivts med sina arbetskompisar. De står kvar. - För er gångs skull då, säger hon. Drar på blå jeansen fast det är midsommarafton. - Får nog bli den röda regnjackan också, muttrar hon.

–

I Hembygdsparken rör sig mycket folk och dansen är redan igång. Regnandet har upphört, men luften känns råkall. Hon ser ingen som är sommarklädd. En man spelar dragspel och tillsammans med en kvinna i folkdräkt leder de dansen kring midsommarstången. Hon sitter på en pall och ser på när barn och vuxna dansar och sjunger. Hon känner igen de gamla sångerna. Räven raskar över isen, Mormors lilla kråka och skära skära havre. En flicka i röd kjol med blomsterkrans på huvudet stegar fram till henne.

- Kom med upp och dansa säger hon och sträcker fram handen.

- Nej jag sitter här och tittar på. Fickan tar ett tag i hennes ena arm och drar upp henne från pallen. De skrattar båda. Hon reser sig och med flickans hand i sin följer hon med. Till tre små gummor. vi äro musikanter och små grodorna skuttar och snurrar de runt alla tillsammans i ring runt den med blommor och blad smyckade stången. Vuxna och barn precis så som hon har sett andra göra, men aldrig tillåtits eller vågat själv.

- Nu fick jag äntligen vara barn, mumlar hon för sig själv. Slår sig ner på en lätt avtorkad stol bredvid sina arbetskamrater, som dukat upp kaffe och jordgubbstårta.

- Tack för att ni tog mig med. Den här midsommarafton kommer jag alltid att minnas. De skrattar alla tre. Några regnstänk kommer på duken.

En betraktelse från mitt liv Av: Eva Davidsson Larsson

Å, vad jag hatar dem! De är tjocka, blekfeta och felklädda och klagar alltid övervärmen. Att de inte stannar hemma! Men, det ska väl vara exotiskt att åka till Marocko. Flygskam har de väl inte heller, tänker inte på miljön.
Ja, här går jag och beklagar mig och det kanske jag inte borde. Jag har ju i alla fall jobb, även om det inte är så välbetalt. Men, igår var jag arg! Jag var väldigt törstig efter att ha gått två timmar i karavan med mina kompisar. Givetvis trodde jag att jag skulle få en paus och en rejäl hink med vatten, men så var inte fallet.
Jo, vatten fick jag faktiskt, men det var en ynka liten skvätt ur en femtonliters hink. Jag hade kunnat dricka en fyra, fem sådana hinkar. Men, precis då dök det upp ett helt gäng med sådana där blekfeta, tvåbenta varelser. Vet inte varifrån de kom, men arabiska talade de i alla fall inte!
"Oh, so exotic. Imagine riding a dromedary", hörde jag någon ropa.
Tror det var en kvinna jag hörde. Varelsen hade en hatt lika stor som ett oljefat, mörka glasögon som nästan dolde hela ansiktet och en fotsid klänning som påminde om min kamelförares. Jag måste säga att jag är ganska van och tålmodig och klarar av det mesta, men hur detta ekipage skulle kunna äntra min rygg, bekymrade mig något. Van som jag är böjde jag snabbt på mina framben för att underlätta bestigningen. Jag har ju en ansenlig höjd på över två meter, så även jag med min lilla kamelhjärna förstår ju när problem uppstår.
"Oh, my God", hörde jag henne ropa när klänningen åkte upp och blottade hennes kritvita lår.

Blev så rädd att jag hastigt reste mig upp på alla fyra igen.
Nästa skrik var öronbedövande.

"I think I regret it! HELP"!

Men, då gav min kamelförare kommando att vi skulle börja
gå och då var det bara att lyda. Minns att jag vid ett annat
tillfälle vägrat att lyda och då fick jag rejält med stryk från
en hård käpp mitt över nosen och det gjorde så ont, ska ni
veta.

Ibland när jag går, brukar jag tänka på mina släktingar i
Egypten och jag tror att det fortfarande lever en gammal
moster i Australien. Men, hon börjar nog bli gammal fyller
snart 45 om jag kommer ihåg rätt. Undrar hur hon klarar
värmen stackars moster, och alla bränderna? Har hört att
det är ont om vatten och att det är stora industrier och
fabriker som gör av med så mycket vatten att det inte
räcker till stackars moster. Får kanske vara tacksam att jag
ändå får vara kvar här.

Nu ska ni få höra något märkligt! Pratade med en kompis i
karavanen som berättade om en djurpark långt, långt borta i
världen. Vet inte om det var Sverige eller Schweiz. Jag
börjar få lite dålig hörsel trots att jag bara är 32. De ville i
alla fall ha dit några av oss för att få lite pittoreska inslag!
Men, där går väl ändå gränsen! Vad tror de? Vi är väl inte
till salu som några utställningsdjur!

Dessutom har jag hört att det börjar gå dåligt för denna
djurpark. Inte undra på det när det är så dyrt! Råkade
överhöra ett samtal mellan några tvåbenta för ett tag sedan.
Börjar ju snappa upp ett och annat utländskt ord som sägs
efter alla år.

"Kan du tänka dig att det kostar nästan 1000 kronor för vår
familj att komma in", sa den ena.

Inte vet jag vad kronor är, jag är ju van vid dirham men dyrt lät det!

Ja, här går jag och försöker skingra tankarna för att det inte ska bli så monotont och långsamt. Ibland får jag sådan lust att bara krumbukta mig och rusa iväg, men då skulle jag väl få ännu mera stryk. Plötsligt känner jag att min blekfeta passagerare klappar mig över min puckel. Ganska skönt om jag får säga det själv. Hon kanske inte är så dum i alla fall och betalt har hon ju gjort. Inte för att jag får ta del av betalningen men det kanske blir över till lite vatten åt mig. Nu ska det bli skönt med en liten paus om det inte kommer fler tvåbenta varelser.

Gammal och vis eller bara envis?

Av: Inger Gusvavsson

Gösta tar av sig ena arbetshandsken och torkar svetten ur pannan. Belåtet betraktar han sitt dagsverke. Det blev en rejäl vedhög uppstaplad mot ena husgaveln. Nu ska såg och yxa på plats i boden och sedan blir det gott med en kopp kaffe innan en stund på sofflocket väntar.

De blå hängselbyxorna med reklamtryck på bröstlappen, stramar en smula över den runda magen, men hänger desto säckigare över baken som tycks tappa i spänst i takt med att framsidan växer till sig. Inget han tänker på själv. Ingen annan heller, förstås. Det är inte många som kommer förbi och ser honom i arbetsmundering. Men det betyder inte att han är ensam. Nej då, det är möten och sammankomster var och varannan dag eller kväll.

PRO, vägsamfälligheten, och en del lunchmöten på restaurang i den närbelägna staden.

Däremot får han inte så många besök nuförtiden. Men visst händer det att släktingar och vänner har vägarna förbi. Senast var det ett barnbarn som behövde låna några väskor och skor som finns kvar efter hustrun. Det skulle visst bli något sorts maskeradspektakel i skolan. Han lyssnade inte så noga, men det är inte lätt heller att uppfatta vad de pratar om, ungdomarna.

Snabbt och med många nya ord som han inte känner igen. Det var enklare när Gerda levde. Hon hade mer fallenhet för ”ungdomsspråket” och kunde fungera som tolk. Eller var hon helt enkelt mer intresserad än han av att veta vad de sysslade med. Typiskt kvinnligt, tänker han. Det var mycket han ansåg var typiskt kvinnligt och som hon hade tagit hand om. Inte hushållssysslorna, där delade de lika. Däremot var det hon som hade hållit reda på bemärkelsedagar och andra viktiga händelser. Hon köpte presenter, skickade kort och meddelanden. Påminde honom när hans syskon och vänner fyllde jämnt, och fixade för det mesta blommorna. Inget av det hade han tagit över. I början försökte han, men det slutade med att han nöjde sig med att vara med på det andra föreslog. Lägga en slant till gemensam present, ge pengar till ungdomarna i släkten inför jul. Deras födelsedagar uppmärksammade han bara om det kom en inbjudan till kalas.

I går pratade han en lång stund med grannen tvärs över vägen. Det ska tydligen byggas ett nytt vindkraftverk på höjden utanför byn. På platsen där hembygdsföreningen förr om åren samlades till slåttergillen. Grannen var rasande över tilltaget och hade startat en namninsamling för bevarandet av ängsmarken, bland byborna. Ville inte han också vara med och protestera?

Han hade varken sagt ja eller nej. Visste inte vad han skulle tycka. Han själv och hans jämnåriga ska ju vara kloka och förnuftiga, men är det särskilt klokt att enbart blicka bakåt som granngubben gör? Gösta tänker på den gamla ramsan om att vindrutan är större än backspegeln för att man ska ha bredare fokus framåt än bakåt. I hans ålder tycks vindrutan krympa och backspegeln tar allt mer plats.

Han lämnar sin vedhög och stegar in i huset. På köksbordet står ett foto av hustrun. Ibland tycker han sig se hennes ansiktsdrag skifta beroende på vad hon anser om det han har på hjärtat. Nu tänker han intensivt på den där vindrutan och framtiden medan han stirrar lika intensivt på fruns svartvita ungdomsfoto. Och visst, minsann, ser han ett litet ljust leende i hennes ögon och nog höjer sig vänstra mungipan en liten mikromillimeter. Nöjd konstaterar han att "Då så, Gerd lilla, nu gäller det bara att tänka ut en plan för hur jag ska få med mig byborna in i framtiden"

Volontären.

Av: Kirsten Hagen

"Hallå!" ropade han. "Är inte maten klar?"

Hon kom abrupt ut från badrummet, närmast skrämde honom. "Nej, ingen mat står på bordet idag! Jag börjar känna mig som en volontär här i huset!" Hon var röd i ansiktet av upphetsning och kände sig darrig och torr i munnen. Hon gick in i köket, hällde upp ett glas vatten och tog en slurk, samtidigt som hon fortsatte angripa sin man verbalt. "Volontär", upprepade hon, "det kan jag gärna tänka mig vara, men då utanför hemmet. Hjälpa till inom någon organisation, förening eller evenemang som behöver hjälp för stunden, men att jobba i sitt eget hem utan lön. Jag börjar bli trött på det här livet nu. Riktigt less på det!" Nu hetsade hon upp sig igen och tog en ny klunk vatten.

Direktör Henrik Öhrn tittade förskräckt på sin fru. Han kände inte igen henne i detta beteende. "Men Monica", började han, innan hon avbröt honom. "Tyst!" ropade hon. "Jag är inte klar ännu! Det enda som gäller för dig är mat på bordet, fina representationsmiddagar här hemma, huset blankpolerat, skjortorna nystrukna och en fru som skall vara ett prydnadsföremål. Alla har ett arbete utanför hemmet. Jag känner mig nedstämd även bland mina närmaste vänner där det pratas intressanta yrken och arbeten, och vad har jag att berätta? Det är ingen som är intresserad av att höra om mina trerätters middagar och vad jag bjöd dina fina herrar med fruar på senast. Jag orkar inte mera nu, Henrik." Hon nästan hulkade, men skärpte sig. Hon tänkte inte vara svag denna gång. "Nu är våra söner i övre tonåren, och vad ska det bli av dem efter att gymnasie- och högskolor är avklarade? De kan ju inte ens steka ett ägg. Ja, det kan inte du heller förresten. Visst, jag har skämt bort er, men ni KRÄVER!" hon ropade ut ordet, "all markservice som tänkas kan. Ni vet knappt var bestickslådan är i köket, långt mindre var grytor och pannor finns. Nu räcker det! Ni – och synnerligen DU – får börja vistas i köket och ta fram strykbrädan själv och ta itu med tvätt och…." Hon avbröt sig själv. "Det är nog nu! Jag vill ut i arbetslivet, träffa lite folk, bli social, tjäna mina egna pengar, känna mig värdefull och behövd och få en egen identitet. Jag har inte ens utbildat mig tillräckligt. Det var knappt jag hann klart gymnasiet innan vi började umgås. Giftermål och barn och fint hus i all ära Henrik, men jag mår inte bra längre. Jag får spader!"

Hon tömde sitt vattenglas och försökte lugna ner sig. Hon hade aldrig fått utbrott mot sin man tidigare. Han var en myndig och väletablerad företagsledare och hade alltid varit mån om Monica och deras söner, så visst borde hon vara tacksam och glad, och det var hon innerst inne, men nu måste en förändring till. Han ville säkert kalla det fyrtioårskris, hon vill kalla det självförverkligande. Hur som helst så hade hon bestämt sig. Pojkarna var på fotbollsträning denna kväll så tack och lov slapp de höra hennes gormande. Hon kollade i frysen, tog ut en restmatlåda och satte i händerna på sin man. "Du kan fixa denna i mikron, fyra minuter på högsta effekt."

Hon gick in till sin dator och googlade. Kurser, deltidsjobb, vad som helst. Kunde givetvis också ta ett volontärsjobb, det ena behövde inte utesluta det andra. Bara det skedde ute i det verkliga livet. Hon tog ett par smörgåsar och en kopp te i stället för den sedvanliga kvällsmiddagen. Kände sig nöjd, det var skönt för själen att få ur sig frustrationerna. Jag får ta fram något från frysen i morgon bitti så pojkarna har att värma när de kommer hem efter skolan tänkte hon, innan hon släckte sänglampan. Själv har jag annat att göra än att stå vid spisen framöver.

En vän.   Av: Anders Nässtöm

Jag kommer sakta till medvetande. Vågorna brusar. Sedan börjar jag uppfatta ett fladdrande ljus. Det känns rogivande. Mitt sista minne var ett vilt hav som försökte förgöra mig. Stormen hade förstört seglet, en kraftig stormby hade tagit tag i det med sådan kraft att det revs i bitar. Jag blev tvungen att, med fara för mitt liv, ut och kapa linorna och låta seglet bli fritt och inte dra ner båten. Innan jag var klar blev jag varse ett vrål. Det var stormvågorna som bröt mot ett rev. Båten vrängde till och jag fick ett slag av bommen. Det var det sista jag minns. Men var finns jag nu. Nu ligger jag där och börja känna efter. Mörbultad är jag. Tror inte det finns någon del av kroppen som inte värker, men inget kändes brutet. Jag prövar att öppna först ett öga och sedan det andra. Det tar några sekunder innan mina ögon begriper vad de ser. Jag ligger där i sanden under några kokospalmer. Det känns som någon ser på mig. Vänder sakta huvudet som gör ont. Någon sitter och tittar ner på mig.

En hund med svart tovig päls. Han ser snäll ut. Verkar fundera varför jag ligger där. Jag sätter mig upp och ser mig omkring. Det är en vacker vy jag har framför ögonen. Kokospalmer växer utmed stranden. En bit ut ligger det ett rev som vågorna bryts mot. Inne i atollen är havet lugnt. Nu gäller det att ta reda på om det finns några människor här. Det tog inte många timmar att genomsöka ön. Den var folktom. Men varför finns det en hund här som verkar tam. Han följer efter mig hela tiden. När vi kommer till några snår mitt på ön försvinner han in i en låg tunnel i grenverket. Han börjar skälla och vill att jag skall följa efter. Jag böjer mig ner och i hukande ställning kunde jag ta mig genom. Därinne finns det ett litet hus. Men några människor syns inte till. Jag tänker att de nog dyker upp. De kanske är ute och fiskar.

Min väntan blir lång. När det inte dykt upp några på en vecka börjar jag misstänka att de inte kommer tillbaka. Här på ön finns det bara vi två förutom en massa kaniner som någon släppt ut.

Min vän är bra på att jaga kaniner, så brist på mat har vi inte. Min vän är också en mycket bra lyssnare. Vad jag än berättar för honom sitter han och lyssnar med huvudet på sned och en skär tungspets sticker fram. När jag blir ledsen tröstar han mig. Någon bättre vän kan jag inte tänka mig. När de tropiska orkanerna vräker in mot ön är min vän glad för mig. Han trycker sig darrande mot mig då vi ligger i huset och väntar ut stormen. Jag funderar på vad som kan ha hänt i den stormen som skickade mig till honom eller det kan ha varit något tidigare oväder. Han kan ha levt ensam på ön en längre tid, det är något jag aldrig kommer att få reda på av honom då han inte kan tala.

Åren går och min vän börjar bli grå om nosen. En dag hör vi något ovanligt, musik. Vi rusar ut. En bit ut från stranden ligger en turistbåt med dykare mitt ute i atollen. Jag vinkar till dem och de kommer in med en gummibåt. När de fått klart för sig att vi var skeppsbrutna lovade de att vi gärna får följa med dem till närmsta hamn. Min vän och jag tar farväl till ön. Med ett visst vemod.

Efter många turer med karantän för min vän kan vi till slut stå på svensk jord. När vi kommer hem till mitt visar det sig att jag blivit dödsförklarad, men huset finns kvar i familjens ägo. Jag får åter tillgång till det. Min vän och jag får ytterligare ett antal år tillsammans och går varje dag på promenad ner till havet och sätter oss på bänk, ja han hoppar upp på bänken han med. Ser vågorna som sköljer in från havet. Ett annat hav med en annan strand, men minnena finns kvar.

Festen på slottet

av: Sten Axelson

Det måste vara ett misstag tänker jag. Varför i hela världen skulle jag vara bjuden till en fest på Stockholms slott? Men det står svart på vitt i inbjudningskortet:

"Härmed har vi äran att inbjuda dig till den årliga kungliga utdelningen av förtjänstmedaljer. Dessa förtjänstmedaljer tilldelas framstående personer inom kultur, föreningsliv, jordbruk, industri och övrigt näringsliv. Klädsel, högtidsdräkt. OSA till hovets informationstjänst via E-post, vanlig post eller telefon".

Jag får ringa och prata med dem tänker jag. De måste ha skickat det fel, kanske skulle det vara till någon annan med samma vackra namn som jag har.

Efter att stått i telefonkö i tio minuter kommer jag fram till en tjänsteman som låter precis som Karl Bildt, men det är inte han, han säger att han heter Jönsson. Jag förklarar mitt ärende. Ett ögonblick, säger Jönsson och så blir det tyst i luren. Efter tre minuter kommer han tillbaka och säger.

- Jodå det är nog så rätt. Vi hade för avsikt att en högre befattningshavare i SPF Seniorerna skulle bjudas in. Men de vill hellre att någon ur den stora skaran av ideellt arbetande, på så kallad gräsrotsnivå, i stället skulle få äran att delta, Genom lottdragning har de utsett dig. Jag trodde att de meddelat att de valt dig men uppenbarligen har de inte gjort så. Men vad säger du skall jag skriva att du tackar ja?

- Va jo ja jaaa det är klart att jag tackar ja.

- Då skall du bara infinna dig här på slottet, fredagen den fjortonde november klockan sjutton, glöm inte att det skall vara frack, ja välkommen då.

Jag har aldrig i hela mitt liv sett så många frackklädda män och så många långa fantasifulla klänningar på en gång. Jag blir anvisad en plats vid ett bord tillsammans med en bonde från Skara som levererat prickfri mjölk i 25 år, en flintskallig direktör för en mekanisk industri i Sundsvall och en extremt mager dam i illröd lång klänning, som driver en rikstäckande kedja av hälsokliniker. När vi hade suttit en stund och pratat hörs en trumpet spela en ljudlig signal och alla reser sig. Drottning Silvia och hans majestät konungen träder in i salen, vänligt nickande lite både till höger och vänster, när de går och sätter sig vid honnörsbordet.

Sedan serveras, en mycket välsmakande trerätters middag, med gott vin till. När vi ätit färdigt serveras lite mer vin till alla och vi skålar allihop med majestäten.

Sedan går kungen upp på en liten platå för att börja dela ut medaljer och kan man tänka. Det första namn som ropas upp är mitt.

Med skakiga knän går jag fram. En härold presenterar mig och tecknar åt mig att jag också skall kliva upp på platån. Jag gör så och hälsar på konungen, som sträcker fram sin hand emot mig.

I samma stund hör jag skarpa ringsignaler. Jäklar tänker jag nu har jag glömt stänga av mobilen.

Men det ärr inte mobilen., det är min väckarklocka som ringer.

Klockan är noll sju nollnoll, det är kolsvart ute och jag kan höra hur det snöblandade regnet piskar mot mitt sängkammarfönster.

Varför?

Av: Marianne Andersson

Hon lägger ifrån sig handarbetet på bordet. Telefonen bredvid ringer. Ett okänt nummer på displayen.

- Är säkert någon försäljare eller bedragare, tänker hon och låter den vara. Hon återgår till virkningen. Två grytlappar har hon hunnit med under förmiddagen. - Det blir bra presenter. Återigen en signal med samma telefonnummer. Nu tar nyfikenheten överhand och hon svarar.

- Är det Barbro Karlsson? Det kan hon inte neka till. Kvinnan i andra ändan presenterar sig som läkare och ställer frågan om hon känner till en Kjell Persson? Hon drar med ena handen genom det grå håret.

- Jag måste beställa tid hos frisören. Tankarna far genom huvudet.

- Kjell Persson? Jo en gång visste hon vem en Kjell Persson var, men det är mer än 40 år sedan nu.

- Ni har nog kommit till fel person.

Läkaren förklarar att Kjell flyttade från sitt hus till ett boende, där han vårdats de tre sista månaderna av sitt liv.

– Han var klartänkt, men kroppen var i dåligt skick. Vi fann ett brev med ditt namn och adress, samt en husnyckel i. Han har själv skrivit det innan han gick bort för en vecka sedan. Därför tar jag kontakt med dig nu, då han inte har någon nära anhörig vi känner till.

Det drar ihop sig över bröstkorgen. Som att någon trycker något hårt mot henne. En sten. Kinderna hettar. Hon dricker lite vatten när samtalet med läkaren är över.

Hon får styrka någonstans ifrån. Oklart från vem, men när hon läst brevet, har hon bestämt sig. Hon tänker köra de 32 milen till byn. Husnyckeln är nedstoppad i handväskan. Där ser hon skylten. Två kilometer privat väg till höger. Precis som då. Hon kör sakta över gropar och stenar. Ett nybyggt hus en bit in .

- Kanske en ung familj flyttat dit? Bilen hoppar och skuttar till. Det gör ont i stötdämparna. Ingen verkar bry sig om vägunderhållet nu heller.

Där, där är det. Huset hon en gång bott i. Det vita, ståtliga trähuset med fantastiska vackra spröjsade fönster. En härlig veranda där många pelargonior haft sin plats. Hon blir stående framför ingången. Nu har all färg flagnat av. Endast nyans av murket virke lyser igenom.

Fönsterrutor är igenspikade eller trasiga. Hur och varför har det kunnat bli så här? Varför har det förfallit helt? En del framgår av brevet, men det är ändå svårt att förstå. Huset var deras framtid. Hon tar ett djupt andetag, sätter nyckeln i låset. Den bräckliga dörren, som hänger löst går lätt att trycka till. En unken lukt möter henne då hon tar ett kliv in i hallen. Samma vinröda tapet. På den gamla byrån i valnöt hon själv köpt, står fotografiet på hans föräldrar. Den givna platsen. Hon inspekterar det en stund. Blåser bort en del damm sedan vänder hon det upp och ner.

I köket är det rent från disk, men otaliga tidningar och gammal post sedan länge är utspridda över bordet. Hans säng i sovrummet är bäddad. Hon stryker med ena handen på kudden. Förnimmer en doft av honom. På sängbordet står ett foto. Hon tar upp det. Där är hon och han tillsammans på trappan till sitt nyinköpta hus, som de planerat renovera. Unga och lyckliga. Innan det blev som det blev och han var tvungen att välja.Varför? Och varför har han fortfarande detta foto framme?

Hon tittar ut mot gården. Den gamla ladan där de tänkt ha sin gemensamma ateljé. Han var en duktig möbelsnickare och hon själv älskade att jobba med lera. De var lyckliga i sina drömmar.

Hon slår sig ner på sängkanten, torkar av lite damm med ena tröjärmen över fotot.
Blinkar bort en tår.
- Vart tog åren vägen Kjell ?
- Varför har du inte hört av dig tidigare? säger hon högt och granskar som genom en slöja bilden av de två.
- Hur kunde det bli så ?
- Du gjorde ditt val och jag var tvungen att lämna allt. Hon ställer tillbaka fotot. Reser sig och går några steg från sängen på väg ut ur rummet. Vänder sig om.
– Din eftergivenhet och min stolthet krossade oss, utbrister hon.
- Varför blev det så? Varför?

Drömmen om en vit jul

Av: Eva Davidsson Larsson

När Jesusbarn vilar i krubbans halm och herdarna vaktar
sin hjord,

mor har fått spisrosor, hon är varm, då hon dukat ett
dignande bord.

Då bankar på dörren, förväntan är stor, jo far skulle ut,
säger storebror.

Och in kommer tomten rosig och glad, God Jul på er alla,
ja här kommer jag.

Men mors kinder bleknar, hon vet alltför väl, att på julafton
ställer man inte till gräl.

Kunde han inte, ja blott några timmar men allt är försent,
hans ögon är simmiga.

Glöggen var stark och nubben var stor, det såg både syster
och storebror.

Men pappa var glad och det var ju viktigt, då måste man
tiga och ta det försiktigt.

Rösten den mullrar på tomtefar: Finns här några snälla och rara barn?

Ja, svarar vi, och så får vi klappar och vi tar emot och artigt tackar.

Vi tittar på mor och hon ler trots allt, hon vet att nu måste man ta det kallt.

Jag går till kyrkan på julaftonsbön och så försvann hon bort längs nästa krön.

Vi stannade kvar och tomten blev trött och efter en stund så sover han sött.

Vi tittar på Jesus och herdar som vakta och då inser

jag faktiskt att man bör beakta

att julen är olika bakom kökets gardin, men jag önskar åt alla både glädje och frid.

En typisk svensk midsommar

Av: Inger Gustavsson

Jag vaknar tidigt av att jag fryser. Stugan vi hyrt för ett par veckor känns inte alls lika mysig och ombonad nu som i går när vi kom hit. I köket lyser visserligen buketten med prästkragar, som jag pyntat med inför dagen, och väggklockan tickar trivsamt. Men utanför fönstret strilar regnet ner, och termometern visar ynka 12 grader. Det är inte mycket varmare inomhus.

Går det att få liv i vedspisen, tro? Jag öppnar den lilla luckan där jag antar att man eldar. Där är tomt och renskrapat. I korgen bredvid finner jag ett par vedklabbar och en ask tändstickor. Trots att veden verkar kruttorr, är det hopplöst att få eld på den. Snart är det bara ett par stickor kvar i asken.

Kanske behöver man något mer? Tändvätska? Det har jag ingen. Nils har vaknat av mitt rumsterande och kommer sömndrucken ut från sovkammaren.

Han vet inte heller hur en vedspis fungerar, men kommer på den briljanta idén att använda lite papper och tunnare spån att tända med. Det går fint, och snart lyser det så trivsamt innanför den lilla luckan. I alla fall en stund.

Den kalla spisen låter sig inte luras av några brinnande späntstickor. De hinner inte sätta eld på de större vedträna innan allt slocknar. Den här gången åtföljt av röken som slingrar sig upp mellan spisplattorna och ut i köket.

 - Spjället, hostar Nils, det ska visst öppnas. Eller stängas, inte vet jag.

Vi öppnar fönster och dörrar istället och ger upp. Sveper in oss i varsitt täcke och kryper upp i sängen med vår frukost. På varsin galge hänger de kläder vi tänkt ha på oss, dagen till ära. Jag blir nästan gråtfärdig när jag inser att den ljuvliga, tunna sommarklänningen med volanger och smala axelband, inte kommer att bli lika romantisk ihop med gummistövlarna. Fast den kommer väl inte att synas så mycket ändå, under tröja och regnjacka.

Nils rotar fram ett par jeans ur resväskan. Sedan packar han ner sina ljusa linnebyxor.

- Det finns inget dåligt väder, bara fel kläder, säger han förnumstigt. När jag klafsar ut till det lilla toalettrummet i uthuset lyser blixtar från alla håll upp den blygrå himlen. Åskknallen som följer gör mig paralyserad för en sekund och jag känner hur hjärtat bankar.

De tio meterna fram till uthusdörren verkar milslånga. Det är med lättnad jag når fram och stänger dörren bakom mig. Men lukten från proppskåpet och eltoans uppfodrande blinkningar i först gult, sedan rött, tvingar mig snabbt ut och tillbaka till stugans relativa trygghet.

Vi drar ut alla elkontakter, sätter oss mittemot varandra vid köksbordet och räknar sekunder mellan ljusblixtar och åskknallar. Regnvattnet forsar fram och bildar små bäckar på den torra och hårda marken. Det försvinner ner i rabatterna, och blir till små sjöar på gräsmattan. Vår bil står till fälgarna i en gigantisk vattenpöl. Inte tänkte vi på att det var en liten svacka där vi ställde den i går.

Så småningom blir himlen ljusare, det slutar regna och vi vågar oss ut.

Skyfallet har mejat ner pionerna och honungsrosens vita blad ligger i drivor. Trädgårdsmöbelns tygdynor vrider vi

ur och hänger på klädlinan uppspänd mellan två träd.
Kanhända har de torkat lagom tills vi åker hem
om två veckor.

Inne i toalettrummet blinkar den elektriska toaletten
fortfarande oroväckande. Nils drar för säkerhets skull ut
kontakten ur väggen och vi bestämmer oss för att behoven
får göras i det fria, bakom uthuset idag.

Ljudet av en bil på uppfarten signalerar att våra fyra vänner
är på ingång.

Just det, vi borde förstås ha ringt återbud, men å andra
sidan vågade vi inte använda mobilerna i ovädret. Nu är de
redan här. Smått chockade stiger de tveksamt ur bilen.
Ljusa sandaletter och tygskor sjunker ner i vattenpölar
och gyttja. Tjejerna huttrar i sina tunna klänningar och
killarna sträcker sig efter kavajerna som hänger kvar i
bilen.

- Jösses, så här ser ut! Hoppas vi slipper sitta ute och äta
sillen. Sofia stirrar på gräsmattan där vi tänkt sätta upp
midsommarstången och duka långbord.

- Det är ungefär lika kallt inne, med där är i alla fall torrt,
svarar jag och ber dem stiga in.

Stugan som var så lagom för mig och Nils, verkar
sprickfärdig där vi alla tränger ihop oss i köket.

– Sex laxar i en laxask, skrattar Sussie, men finns det
hjärterum så finns det stjärterum!

- Alltså, det skulle säkert gå bra, säger Nils, men saken är
den att vi inte har någon toa som funkar. Han berättar om
bekymret med toaletten som förresten är döpt till
Cinderella tack vare sin förmåga att omvandla avföring till
aska.

Vi går i samlad tropp ut för att beskåda eländet. Nils sätter i kontakten igen och nu lyser bara den vanliga gröna lampan. Tack, och lov! Jag erbjuder mig att testa funktionen, bara de andra försvinner därifrån.

När jag kommer in igen har våra vänner dukat upp all medhavd förning och på den lilla elplattan i köket puttrar grytan med färskpotatis.

Nöjda och dästa efter sillunch med tillhörande drycker slår vi oss ner lite här och där i storstugan. Våra kompisar verkar trivas bra och Sussie tycker det är precis som när vi var yngre och hängde hemma i varandras tonårsrum. Mot kvällen har regnmolnen dragit bort och vi kan sitta ute och se solen gå ner. När morgon börjar gry efter den korta nattskymningen, kryper vi in i stugan och bäddar ner oss på madrasser och i sovsäckar på storstugans golv.

Innan vi somnar mumlar Nils att den här dagen kan ha satt ribban för allt framtida midsommarfirande. Vad han nu menar med det.

Herrklubben.

Av: Kirsten Hagen

"Jag undrar om du vill göra mig en tjänst Eva. Det är så
här", fortsatte väninnan, "Fabian ska på en fest i
herrklubben nästa lördag, det är en större tillställning där
också fruarna får vara med, hör och häpna. Nu skulle jag
vilja be dig vara min stand-in för kvällen. Jag klarar bara
inte av sådant trams och du känner ju Fabian sen tidigare
och har mycket mera social kompetens än vad jag har.
Snälla…" Eva log tyst under tiden hon lyssnade på
väninnan Lizettes vädjan i luren. Hon kände henne väl och
förstod hennes vånda. Lizette och Fabian hade varit gifta i
fem år nu och det var genom Eva de hade lärt känna
varandra. Eva jobbade då som sekreterare på Fabians
textilföretag, dessutom hade de känt varandra sen
gymnasietiden. "Okej, jag ställer upp! " "Åh så glad jag
blir!" Lizette kvittrade i luren. Eva kunde nästan höra
henne klappa händerna också.

Det anlände flera taxibilar och även en limousine, till den
storslagna festen. Herrarna öppnade bildörrar, kvinnorna
klev försiktigt ut i sina långklänningar och högklackade
skor. Fabian von Lange tog Eva försiktigt under armen och
tittade lite finurligt på henne. Detta ska jag nog greja,
tänkte Eva, samtidigt som hon log och nickade till
församlingen.

Efter en timmas mingel var det dags att sätta sig till bords.
Det blev högtidliga tal flera gånger om vid den överdådiga
supén och man skålade till höger och vänster. Eva hade en
redan överförfriskad herre vid sin andra sida än Fabian, och

sluddrande vände han sig mot Eva, men tappade snart fokus på henne och övergick till damen på sin andra sida.

En manskör skulle nu presenteras. Det var några herrar från Fabians klubb Square Table. Det var Bellmanvisor i nyare tappning. "Är inte du med i kören?" Eva tittade på Fabian. "Nej, där går gränsen för mig." Fabian klappade henne lätt på armen. "Men de har fina basröster, eller hur?" Han såg nöjd ut och lutade sig tillbaka. Eva hade ingen kommentar.

Efter att de så kallade *sköna* mansstämmorna hade tystnat, påannonserades att alla nya kvinnor i sällskapet skulle fram till podiet och få en liten medalj kallad Ladies Chicken. Eva tittade förvånat på Fabian. "Du får helt enkelt spela med", viskade han. "Ingen som har koll på vem som är gift eller inte med respektive dam här, ingen fara." Eva hade inget annat val än att trippa fram till scenen tillsammans med några flera för henne okända damer och ta emot dels den lilla nålen och dels församlingens applåder. Hon skyndade sig tillbaka till sin plats och tog den sista lilla skvätten champagne som var kvar i hennes glas.

"Nu ska jag berätta om kvällens höjdpunkt för oss män" sa Fabian högtidligt, samtidigt som han vände sig om till Eva. "Vi har nämligen årets hemliga uppdrag framför oss och det sker i våningen under, och där är inga kvinnor medbjudna." Eva trodde först han skämtade men av hans allvarliga min att döma förstod hon att det var sant. "Ni kvinnor får mingla med varandra här uppe, det blir nog en timmas tid eller så." Alla män fick nu bråttom och plötsligt var damerna ensamma. Eva reste sig snabbt och gick till toaletten, vilket flera andra också gjorde. Hon dröjde kvar en bra stund, gick därefter runt och småpratade lite lätt med några andra kvinnor. Det var här hennes sociala kompetens kom till sin rätt så det var bara att finna sig i situationen.

Snart hördes prat och mummel från undervåningen och där uppenbarade sig herrarna igen, en del ännu mera rödbrusiga än då de gick ner. Fabian var som tur var rätt så städad och kvällen flöt på. En av de rödmosiga kom fram till Eva och ville dansa med henne till salongsmusiken, men Eva fick styrt bort både honom och ett par herrar till av samma kaliber. Det hade nu blivit långt ut på småtimmarna och hon längtade hem. Hon bodde endast några hundra meter från festlokalen så hon föreslog för Fabian att hon ville gå hem. "Jag behöver lite frisk luft", deklarerade hon, samtidigt som hon tackade för en trevlig afton och bad honom hälsa Lizette. Efter kindpussar till höger och vänster från diverse herrar kom Eva sig äntligen ut i den stjärnklara natten. Hon tog av sig de högklackade, lyfte upp klänningen och aldrig hade hon väl tidigare njutit en sådan härlig vandring hem som denna gryningsmorgon.

En olycklig händelse. Av: Anders Näsström

Kairo
2015-07-01
Kära Gertrud.
Jag skriver till dig för att berätta vad som hände igår. Jag vet inte om du vet vem jag är, mitt namn är Yvonne, och min mormor och din mamma var kusiner. Det som hände igår var något väldigt hemskt som jag inte trodde jag skulle vara med om. Det råkade bli så att jag stötte på din syster igår. Jag satt vid ett Café i närheten av den stora bussterminalen här i Kairo. Solen gassade från en klar himmel, såsom det brukar här nere på sommaren. Termometern visade nästan 40° C.
Det var en ganska hög ljudnivå, både från trafiken och människor som rörde sig runt torget. Plötsligt hörde jag en kvinna som pratade halvhögt för sig själv på en småländsk dialekt. Jag såg upp från boken om pyramiderna i Giza som jag skulle besöka på eftermiddagen.
- Det var ruskigt vad det är varmt, hittar jag inte någonstans att sätta mig i skuggan dör jag.
Den som sa detta var en ganska korpulent dam som var klädd i en alldeles för varm klädsel. Det var inte precis vad jag hade väntat mig att få se och höra mitt i Kairo. Jag ropade på henne.
- Kom och sätt dig här, jag är också svenska.
Hon sken upp och kom och slog sig ned med ett pustande som skulle fått ett ånglok att bli förälskad.
Värmen höll på att ta död på henne, hon var alldeles högröd i ansiktet och svetten forsade ifrån henne. Jag föreslog att hon skulle dricka ett stort glas te.

- Jag vill inte ha te, jag vill ha något kallt istället.
Jag protesterade på det bestämdaste. I denna värme skall
man inte dricka något kallt för man kan få en chock av det.
Till slut gick hon med på det, Jag vinkade till servitören
som kom snabbt fram till oss. På arabiska beställde jag till
henne.
- En stor kopp te med citron, till damen här. Servitören
försvann snabbt och kom lika snabbt tillbaka med det
beställda. Jag lade ner min bok och frågade.
- Förlåt att jag är förveten. Men varför är ni här nere i
Egypten när det är som varmast. De flesta europeiska
turister brukar vara här på vår eller höst?
- Du får säga du till mig. Jo det är så att jag vann rätt
mycket pengar på Triss i förra månaden. Jag har under hela
mitt liv velat komma hit ner och få se pyramiderna. Jag är
ju ingen ungdom längre och ingen nära anhörig som jag
måste tänka på, så varför inte. Man vet ju inte hur länge
man lever.
- Om jag skulle vara som du så hade jag nog väntat.
- Ja hade jag vetat hur varmt det skulle vara så hade jag
nog väntat. Men galen som jag är hastade jag till polisen
och skaffade mig ett pass, för det har jag aldrig haft. Ja och
nu sitter jag här.
Hon tittade på mig nyfiket, det verkade som det sötade teet
hade börjat göra verkan.
- Varför är du här nere?
- Det är meningen att de skall sätta upp Verdis opera Aida
till hösten. Den sattes ju upp till Suezkanalens öppnande.
Och nu vill man göra en föreställning med pyramiderna
som kulisser.

Då jag jobbar som utlandsreporter och även är operaintresserad föll det sig naturligt att jag hade tänkt rekognosera inför evenemanget. Det är stor chans att du kan få se denna föreställning på TV till vintern, för en kanal verkar vara intresserad att sända det.

- Å vad spännande, det ser jag verkligen fram emot. Tänk att få bjuda in sina vänner på något att äta och kunna berätta att där detta spelas har jag varit. Att jag själv har gått vid pyramiderna och sfinxen. Det riktigt lös om henne, hon fortsatte.

- Kan vi inte göra sällskap dit, jag har beställt en resa dit av charterbolaget jag åker med. Om jag ber kan du nog få åka med.

- Tyvärr måste jag göra dig besviken. Jag skall åka med en lokalbuss, jag åker helst med de lokala bussarna vart jag än är. För då kan man verkligen lära känna landet och lyssna in vad som händer. Förresten skall jag träffa några bekanta som är på annat håll just nu, och de skulle nog undra om jag inte dök upp.

- Är det inte farligt att åka med lokaltrafiken, Är man europé avviker man ju och det är väl ganska trångt på dessa bussar.

- Jag har varit här nere så många gånger och även lärt mig språket så jag klarar mig.

- Men de sa på charterbolaget att det var farligt nu och att vi skulle få med oss beväpnad bevakning av polis.

- Åker man med lokalbussarna smälter man ju in med lokalbefolkningen, så det är ingen fara.

- Men vi kan väl äta middag ikväll. Jag bor på Hotel Sheraton, Fråga efter Amalia Jonsson.

- Det var lustigt min mormors kusin hette så.

- Det gjorde min mamma också. Det lustiga är att hon hette Jonson med ett s som flicka och sedan fann hon en man som hette Jonsson med 2 s.

Hon funderade några sekunder innan hon sa.

- Jamen då kanske vi är släkt med varandra, de bodde i Växjö?

- Jo det måste vi vara.

- Vad hette din mormor?

- Yvonne, precis som jag och Nilsson i efternamn.

- Jamen då har jag träffat dig när du var nyfödd.

Tänk så liten världen är. Det var på ett stort släktkalas hemma i Växjö. Jag kommer ihåg att du var en liten söt flicka med lockigt blont hår.

Amalia tittade på sitt armbandsur.

- Oj jag måste sticka, bussen går om en kvart. Vi syns ikväll!

Amalia reste sig upp och gick. På andra sidan kom en stor buss tillsammans med ett par polisbilar.

Det sista jag ser av Amelia är då hon hastar iväg med ett solparasoll som hon inte hade spänt upp. Men hon viftar med det för att de på bussen skulle uppmärksamma henne. Snart nog försvinner hon mellan alla människor som befinner sig på torget.

Det är en timme till min buss skall gå så jag tar upp min bok och började läsa igen. Jag tittar upp då jag hör bussen köra iväg. Amalia kan jag inte se, hon kan ju sitta på andra sidan av bussen.

Jag tar en klunk te. Men teet har kallnat. Jag tittar upp efter servitören, och ger honom ett tecken att jag vill ha ett glas te till. Han hastar in efter ett glas te. I detsamma hörs ljudet av en vrålande bilmotor. En stor svart minibuss kommer körande från en gränd. Den svänger åt samma håll som turistbussen körde. Innan motorljudet har försvunnit hörs skottlossning.

Sedan kommer en smäll som nästan trycker ut fönstren ur husen. Alla rusar ut på gatan. Vi ser att det brinner i ett fordon, det verkar vara bussen som exploderat. Återigen har terroristerna slagit till mot turister. Det tar inte många minuter innan polis, brandkår och ambulanser är på plats. De slår en ring runt olycksplatsen. Vi kan inte göra något, och räddningspersonalen vill arbeta utan en massa åskådare. Att någon skulle överleva smällen finns inte att tänka på. Runt mig går diskussionerna höga, jag lyssnar inte på dem.

Jag tänker på Amalia som jag just hade träffat. Hennes glädje över att få se pyramiderna. Livet kan snabbt förändras.

Jag går och sätter mig igen, men teet intresserar mig inte längre. När tiden är inne går jag till lokalbussen som skall ta mig ut till pyramiderna.

Utanför bussen står mina kamrater som jag skall åka med. De ser att jag är alldeles förkrossad

- Vad har hänt?

- Jo jag träffade för någon timme sedan en kvinna som visade sig vara släkt med mig. Hon skulle också ut till pyramiderna. Hon försökte få mig att åka med på bussen, men jag sa att jag skulle åka med er.

- Var det den bussen som exploderade?

- Ja, nu finns hon nog inte mer.

Jag får en stor kram av en av mina kamrater. De ser ledsna ut. Vi går på bussen och den kör iväg.

Den får ta en annan väg. Färden går genom smala gator en bit innan vi åter kan komma ut på den stora vägen mot Giza. Ljudnivån i bussen är förkrossande hög. Alla pratar i mun på varandra.

En del verkar hålla med terroristerna, men merparten verkar vara emot.

Den dag som jag sett så fram emot hade på ett slag förvandlats till en av de värsta dagarna i mitt liv. Inte trodde jag att jag skulle reagera så på ett terrordåd. Jag har ju varit ute i oroshärdar förut och sett mycket värre saker. Men då har det varit för mig okända människor som farit illa. Att nu varit med om att en person som jag ju inte kände så mycket, men vi var ju släkt ändå hade strukit med var för mig något nytt. Vreden mot terroristerna steg inom mig, jag ville bara hem igen.

Jag gick och lade mig utan att ätit någon middag.

Det enda jag fick i mig var en skvätt whisky som jag hade med mig som magmedicin. Nu fick den vara ett hjälpmedel för att dämpa sorgen hos mig. Trots detta kunde jag inte somna, jag vred mig nästan hela natten. Jag steg upp till en ny dag som jag inte kände för. Jag gick ner till matsalen för att få lite frukost. En av servitörerna som jag talat med sedan tidigare resor kom fram till mig.

- Förlåt mig, men är inte du svenska?

Jag tittade på honom och gav en motfåga.

- Jo, varför undrar du det?

- Det står i tidningen att det var en person i bussen som exploderade som överlevde. De tror att hon är svenska.

- Står det var hon finns?

- Nej, men troligtvis på ett av militärsjukhusen.

Jag tackar honom och känner hoppet stiga. Efter frukosten ringer jag till ambassaden och frågar om de vet något.

- Jo det skall vara en svensk med, men vi vet inte vem hon är. Deltagarlistorna hade de på bussen och de finns inte kvar.

- Jag träffade en äldre kvinna igår som skulle vara med på bussen. En släkting.

- Vi hämtar dig så åker vi till sjukhuset så får vi se om det är din släkting som ligger där.

Efter en halvtimme sitter jag i en diplomatbil på väg till lasarettet. Bredvid mig sitter en ambassadtjänsteman. Han ställer lite frågor till mig om mina göromål i Egypten. Det lugnar ner mig lite att det finns någon som verkar vara intresserad av mig. Snart är vi framme och visas upp på en avdelning. Där får vi stå i korridoren och titta in genom en ruta. Där inne ligger en människa med bandage lite här och var. Det är svårt att se vem det är. De visar oss kläder som hon hade på sig. Jag kan inte bärga mig utan jag skriker med hög röst

- Det är Amalias kläder!

Vi träffar en läkare som berättar att det finns stora chanser för Amalia att hon överlever och kan bli bra igen. Men det kommer att ta tid.

Ja Gertrud, jag har beslutat att stanna kvar här nere i Kairo för att vara närvarande och kunna besöka din syster varje dag tills hon kan återvända hem. Jag återkommer så snart jag har några nyheter. Om du vill skriva till mig så sänd det till ambassaden så vidarebefordrar dom det till mig.

Med tillgivna hälsningar

Yvonne.

Det flyktiga minnet

av: Sten Axelson

Jag tycker om när fönstren är nytvättade. Då kan jag få en
känsla att rutorna inte finns, så att om jag bara ville, skulle
jag kunna kliva ut genom fönstret och gå hem, eller till mitt
arbete.

Då skulle jag försvinna från detta fängelse jag är inspärrad
i. Varför jag sitter här kan jag inte erinra mig? Förmodligen
har jag begått något allvarligt brott. Jag har frågat vakterna
många gånger, men de säger alltid att det här är inget
fängelse och att jag inte har begått något brott. Det är
naturligtvis inte sant, brottet måste vara så hemskt att de
inte vill nämna det. Du är här för att vi skall kunna ta hand
om dig på ett bra sätt säger de och påstår också att jag
frivilligt bett att få vara där, men det är ju inte sant.

Ibland kan jag glömma lite saker det får jag väl erkänna,
speciellt sådant som inte är så viktigt, men det är inte något
fel på mitt minne. Ändå håller de på att tjata om att jag
måste träna det.

Jag är mycket duktig på mitt jobb, det har chefen sagt
många gånger, men eftersom jag är inspärrad här kan jag ju
inte komma till mitt kontor. Jag har bönat och bett vakterna
att de skall släppa ut mig så jag kan gå dit och de säger
alltid okey, men det passar inte i dag.

Sedan har vi det här med besöken. Särskilt den där gamla
damen som brukar komma flera gånger i veckan och pratar
en massa strunt om saker jag inte förstår. Hon blir nästan
alltid ledsen när hon är här, det kan jag se på henne. Några
gånger gråter hon när hon går. Jag har sagt till henne att

hon inte skall komma hit eftersom hon bara blir ledsen, men hon kommer tillbaka gång på gång.

Någon gång men mycket mer sällan kommer ett par yngre människor, ungefär i min ålder. De pratar också en massa strunt om saker jag inte känner till. De envisas med att kalla mig pappa och det måste jag säga irriterar mig en smula. Men de blir inte ledsna. Jag har flera gånger sett att de till och med har lite svårt att inte skratta åt mig. Varför vet jag inte, jag försöker inte vara rolig.

En annan sak är det här med medicinerna de försöker stoppa i mig. De säger att de är väldigt bra för mig, men jag vet nog att de försöker förgifta mig. Som tur är har jag kommit på ett sätt att lura dem genom att stoppa pillren under tungan och låtsas att jag sväljer, sedan när de gått spottar jag ut dem. I början innan jag lärde mig att göra så blev jag alltid väldigt trött och mådde illa av det de tvingade i mig, så det är uppenbart att de försöker förgifta mig.

Den ledsna damen är nog i maskopi med vakterna för jag hörde henne prata med vaktchefen senast hon var på besök och hörde då ordagrant att han sa:

- Ja tyvärr fru Lundström, så är det inte stort hopp om er make. Medicinerna verkar inte ha någon effekt trots att vi ökat dosen. Hans minne blir allt sämre. Han tror att han fortfarande är ung och lider dessutom av en massa andra vanföreställningar. Men sjukdomsförloppet är mycket svårbehandlat i hans höga ålder.

Inte för att jag vet vem de pratar om, men det verkar ju som att de på något sätt samarbetar.

Nu äntligen har jag kommit på hur jag skall göra. I går hade jag råkat släppa av en liten fjärt precis när en av de nya vakterna kom in. Hon öppnade då genast fönstret och ställde det på glänt.
Jag skall göra likadant i morgon och när hon öppnat fönstret och gått skall jag hoppa ut och rymma.

Monique.

Av: Marianne Andersson

- Jag plockar smultron vid vägens kant, sjunger jag för mig
själv där jag strosar den lilla skogsvägen fram, som jag
gjort hundratals gånger förut. Något strå har jag inte trätt
dem på, så de slinker in i munnen direkt. Det är en
ljummen sommardag och min första vecka på semestern.
Jag ser massor av bär. Jag sätter mig på huk för att plocka
de röda små bären, då jag känner något hårt under gräset.
Ett smycke. Det är smutsigt och verkar ha legat här länge.
Jag upptäcker att det går att öppna och inuti finns fragment
av ett foto.
- Herre Gud! Hör jag mig själv säga. Och så minns jag.
Vi var som systrar Monica och jag. Alltid tillsammans i
skolan såväl som på fritiden.
Hennes mamma dog då Monica var fyra år. Pappan var
sällan hemma. Han var resande sades det. Det ryktades
också om att han satt i fängelse. Monica pratade aldrig om
honom.
Det var hos sin farmor hon växte upp. Hon var hennes stora
stöd. Monicas dröm var att bli fotomodell eller mannekäng.
Jag ville bli skådespelerska i Hollywood. Hon skulle till
Paris. Vi klädde ut oss och spelade teater för varandra, men
även inför publik ibland. Två 16 -åringar och livet lekte.
Gick på bio, tog långa promenader och fantiserade om vårt
kommande liv. Killar brydde vi oss inte om. Nej vi skulle
ut i världen. Det var efter en av våra promenader Monica
upptäckte att hon tappat medaljongen hon fått av sin
farmor. Den var det käraste ägodelen hon hade. Hon bar
den alltid på sig. Vi hittade den aldrig. Hur mycket vi än
letade. En dag ett par år senare hände det där

fruktansvärda. Monicas farmor blev påkörd av en bil och dog omedelbart. Efter den dagen blev inget sig likt. Monica for till Frankrike, som hon alltid sagt. Vi hade kontakt de första åren och hon berättade om sitt modelljobb. Men så tog det plötsligt slut. Jag skrev och ringde, men fick aldrig något svar.

Åren gick utan att jag hörde något från henne.

- Jag måste få tag i henne var min enda tanke då jag hittat smycket. Jag fick kontakt med en kusin till Monica, som gav mig en adress. Jag skrev till henne och berättade vad jag hittat. Det gick två veckor och en dag ringde telefonen. Det var Monica. Jag kände igen rösten, den var svag och med viss brytning. Allt var bra sade hon. Bodde lite utanför stan och ville gärna att jag skulle komma. Vi bestämde då att jag skulle resa dit.

En mörkhyad man möter mig på flygplatsen i Paris. Han berättar att han ska köra mig till Monique, vilket är hennes franska namn. På min fråga varför hon inte är här själv, som vi bestämt, säger han att hon fått förhinder. Nu är jag alltså i Paris, och efter 23 år ska jag äntligen få träffa min barndomskamrat. Mannen säger inte mycket under resans gång. Han kan ingen engelska och jag är dålig på franska. Han stannar vid ett gammalt, grått stenhus.

Han säger något på franska och pekar. Kan detta vara Moniqes hem? På trottoaren ligger tomflaskor, papper och annat skräp. Ytterdörren han öppnar har varit grön, men den mesta färgen är borta. I trapphuset möts jag av en kväljande lukt och jag undrar vart han för mig.

Känns olustigt. Kan jag lita på honom? Monique tjänar ju massor av pengar sägs det, och jag har förväntat mig ett lyxigare boende.

Vi ringer på och hon öppnar. Jag känner knappt igen henne. Varenda kota och revben känns då vi kramar om varandra. Den grågula ansiktsfärgen och de mörka ringarna under ögonen har inte ens all smink lyckats dölja. Hennes bruna lockiga hår hon alltid varit stolt över är rödfärgat och slitet.

- Vad gammal hon har blivit, tänker jag. Lägenheten stinker av rök, parfym och andra för mig okända dofter. Vi slår oss ner i en sliten, rosa soffa. Hon ser mig i ögonen, tar min hand och kramar den medan hon berättar att jobbet som mannekäng hade hon i tre år. Sedan kom en man in i hennes liv. Hon blev lurad och utnyttjad. Han tog allt. Det blev mycket droger och även prostitution. Hon berättar också om att hon är allvarligt sjuk. Vi gråter båda två och kramar om varandra. Jag håller fram medaljongen hon fått av sin farmor, och berättar var jag hittade den. Hon smeker den och ler. Vi dricker kaffe, pratar, skrattar, gråter lite och minns vår barn-och ungdomstid. Hennes dröm om Paris blev sann, men inte som hon tänkt sig. Jag hamnade inte i Hollywood men har haft ett bra liv.

– Hon är trött nu. Vi bestämmer att jag stannar över natten. En fläckig madrass på golvet blir min sovplats. Det blir inte många timmars sömn. Hon ligger kvar i sängen, när jag stiger upp dan därpå. Hon tackar för att jag kom och trycker medaljongen mot sitt bröst. Jag tar hennes hand. Den är så tunn. Jag smeker henne lätt på kinden. Våra blickar möts och vi är för en stund tillbaka i ungdomen. Hon ler. Det är alldeles tyst. Jag släpper hennes hand. Hon sover, när jag lämnar lägenheten. Tårar rinner nerför mina kinder och jag vet att det är sista gången vi ses. Så olika de blev våra liv.

En dag i skogen. Av: Eva Davidsson Larsson

Idag är en sorgens dag och jag behöver verkligen få dela med mig.

För ett tag sen hade jag snappat upp att ett stort byggbolag hade gått i konkurs. Eftersom jag varken är läskunnig eller har så bra hörsel hade jag ändå fått reda på, via mina känsliga tentakler, att man sökte en ny byggherre. Ja, man nosar ju upp ett och annat, som ni förstår. Här såg jag vår chans! Vilket annat byggbolag kan leverera 400 000 arbetare med kort varsel? Vill inte skryta, men vi är nog världens bästa byggmästare och vida kända för att arbeta bra tillsammans.

 Vi diskuterade i gruppen och kom fram till att det nog var vår underjordiska verksamhet som man tyckte var tveksam. Men ni bygger ju på en ny järnväg med tunnlar och annat mystiskt för att inte tala om alla tunnelbanor i storstan.

Det är väl i storstan som hon bor den där drottningen ni har. Silvia, eller vad hon heter? Jag vet inte vad vår drottning heter, för jag har inte fått chans att träffa henne. Det finns en hel stab av medhjälpare som ser till att hon får mat och har det bra. Gammal börjar hon ju också bli, snart 20 år. Vågar inte tänka på vad som ska hända den dagen hon dör.

 Berättade jag att jag snart ska fylla fyra? Så mina dagar är nog ganska snart räknade. Brukar ta rejält med tupplurar för att orka, det kan bli en 400 per dag. Sen går jag ju på gym också och lyfter skrot eller annat risigt. Har klarat 50 gånger min egen vikt och vem mer klarar det? Sedan tränar jag benmusklerna och det tar ju tid när man som jag har sex ben. I och för sig har ju min kompis åtta ben, men honom träffar jag inte så mycket. Han håller på med mycket verksamhet på nätet har jag förstått och det ger väl ingen motion?

Nej, vi har väl, om jag ska vara ärlig, varit rätt loja nu under vintern. Några krig har vi i alla fall inte hunnit starta om man säger på. Fast det händer ju ibland att vi ryker ihop. Jag försökte sätta mig in i lite hur ni ovan jord har det. Ibland blir man mörkrädd av allt man får höra. Det skvallras ju en del i stacken och igår sa min kompis att det fanns en tvåbent typ borta i ett stort land. Amerikas tvåbenta stater eller något sånt tror jag att det heter. Han ville roffa åt sig ett annat land, kanske t.om. köpa det. Tänk om vi skulle köpa Stackhult eller Myrås! Hur skulle det se ut? Nej, de får allt behålla sina små samhällen. De har ju bott där i hela sina liv. Men det är väl så att störst går först och så är det ju ibland här också.

Nej, jag försöker vara positiv men för ett tag sedan, eller kanske två, blev jag uppriktigt arg. Eftersom jag höll till i de övre regionerna fick jag syn på den tvåbente, fjäderprydde uslingen. Han var på väg åt vårt håll och hungrig såg han ut. Han och några andra fjäderprydda kommer hit ibland och förser sig med hjälp av sina långa näbbar. Brukar inte säga något nedlåtande om någon, men vet ni egentligen vad gröngöling betyder? Jo, novis, nybörjare, alltså någon som inte har nog med förstånd. Men han lever nog på sitt utseende. Och det kan jag väl säga att jag inte gör precis. En annan typ som jag också ogillar är den orangea typen med sin yviga svans. Honom är jag lite skraj för nu när vi börjar visa oss. Det vore bättre om han höll sig till lite vegetariskt eller till de där små klibbiga, slingrande individerna.

Nej, nu får jag nog försöka gaska upp mig för snart går vi mot ljusare och varmare tider. Jag får väl säga att man lyser upp när man kan öppna upp fönstren på vid gavel och bara njuta ett tag innan allt jobb. Sa jag att vi samarbetar bra ihop? Ja, inte alla. En del gör inte ett barr om man får säga så. Min syrra Myrran gör inte så många knop. Vi tävlade en gång, hon och jag. Jag lyckades hämta hem tre barr och hon bara ett enda. Vet inte om hon har kommit in i puberteten eller vad det heter. Då kan man tydligen bli lite tröttare och bara vilja "softa" eller "hänga" med polarna.

Nej, nu ska jag försöka ägna mig åt min nya favoritförfattare som bland annat har skrivit dessa visdomsord: *Dessa jordiska nedbrytare förtjänar lika mycket stjärnglans som lejon eller noshörningar. Utan dessa skulle det inte finnas jord och heller inte så mycket liv på den här planeten.* Jag tror att han har riktad detta till mig och alla mina andra sexbenta kompisar, både ovan och under jorden.

En sorts förälskelse Av: Inger Gustavsson

Visst har väl de flesta av oss upplevt hur det är att ta
avsked av något som stannade vid en vacker dröm? En
förälskelse i klassen charmör, som man aldrig vågade fråga
chans på. Ett arbete man hett åtrådde, men inte fick.
Eller en vänskap som aldrig fick en riktig chans att
utvecklas.
Min drömda kärlekshistoria var av brunt tegel i två
våningar med källare och vind. Den mörka fasaden och de
blyinfattade fönsterrutorna på bottenvåningen förde
tankarna till medeltida riddarborgar. Verandor och
stentrappor kantades av rabatter och grönska, som mjukade
upp intrycket.
En period i mitt liv, passerade jag ofta villan på mina
kvällspromenader.
Sällan såg jag någon i den stora, pedantskötta trädgården
med både syrenberså, krattade gångar och välskötta
perennrabatter. I det bortre hörnet, halvt dolt bakom stora
rhododendronbuskar, skymtade komposthögar i olika
stadier av förmultning. Höga trädkronor, lind, lönn,
och alm, försatte hela trädgården i ett trolskt och
stämningsfullt dunkel.
Tiden gick och trädgården började förändras. I början var
det småsaker, som att grusgångarna inte var helt ogräsfria,
eller att gräsmattorna fått växa iväg en smula. Löven från
första höststormen krattades inte ihop som vanligt utan
blev liggande som ett tjockt täcke under träden. Längst ner
mot komposten började kirskål och åkervinda tränga ut de
höga riddarsporrarna och fingerborgsblommorna. Sedan
kom en sommar då de breda rabatterna med städsegröna

växter fick klara sig utan det vanliga sällskapet av ettåriga sommarblommor. Aklejor och lupiner vandrade iväg och slog rot lite här och där på grusgångarna. Men så länge de stora gjutjärnskrukorna närmast ingången fortfarande fylldes med nya blommor varje säsong var jag lugn.

Efter ett par år flyttade jag från trakten och skaffade mig så småningom ett eget hem med syrener och perennrabatter, men det bruna huset glömde jag inte. I somras återvände jag för första gången på länge, till min gamla hemstad. Det var fint att se att det mesta var sig likt när jag tog min vanliga runda i kvarteren där jag bott. När jag närmade mig mina drömmars hus, kände jag på långt håll doften från syrenerna i bersån. De blommade som aldrig förr, men i trädgården låg de höga träden i prydliga virkeshögar, redo att forslas bort. På den vanligtvis tomma infarten stod en bil med släp. Ett par killar i trettioårsåldern var i färd med att tömma källaren. Jag stannade till och bytte några ord med dem. De talade om att de ärvt huset av sin gammelfaster, som avlidit för bara några veckor sedan. Nu skulle det rivas och ge plats åt ett modernt flerfamiljshus. Det känns vemodigt att det är borta. Att jag aldrig mer kommer att passera det på mina promenader. Aldrig mer får jag stanna upp och njuta av den magiska stillhet som alltid tycktes omge platsen. Men om jag stannar upp och blundar, kan jag se det för min inre syn, och visst går det att höra vindens sus i de stora trädkronorna.

Som man bäddar får man ligga. Av: Kirsten Hagen

"Kolla här mamma, vad jag har ritat!" Flickan visade stolt upp sin teckning. "Vad snyggt", svarade Emma. "En säng med ett fint överkast på, vad ska du ha för färg på det? "Vet inte än, får se. Jag har det i läxa till i morgon, att rita en säng. Se här, fröken har skrivit ner vad jag ska rita." *Som man bäddar får man ligga*, stod det i flickans block. "Aha, ska ni alla rita det samma?" undrade Emma. "Nej, nån ska rita typ nån som ramlar ner i en grop, och nån ska rita en katt som har rivit sönder sin päls. Ordspråk heter det, mamma."

Ava var sju år nu och hade precis börjat skolan. "Ja", sa hennes mamma, "Det heter ordspråk. Egentligen kan det betyda något annat än vad det står." "Hur då?" Ava såg frågande ut. "Jo, t.ex din morbror Martin. Du vet, nu har ju han och Marie och dina kusiner flyttat från sitt hus och Marie och barnen bor i ett radhus själva och Martin har en ny fru och de bor i hennes lägenhet." "Ja, jag vet" sa flickan. "Jag tycker inte om den nya frun. Jag vill inte att hon ska komma på mitt kalas sen, mamma." "Hon är säkert snäll" försäkrade Emma, " men vi känner henne inte så bra ännu."

Emmas tankar gick tillbaka till den dagen för snart två år sen då Martin hade berättat att han ville skiljas. Hans fru Marie hade ringt Emma och gråtit. De två svägerskorna hade jättebra kontakt och umgicks mycket både med och utan barnen. Både Martin o Marie jobbade på bank, dock på var sin. Nu hade Martin blivit förtjust i en kvinna på sin avdelning och det visade sig att de redan hade haft en förbindelse i över ett år. Det klassiska, hade Emma tänkt när svägerskan anförtrodde sig till henne. Hon blev förbaskad på sin bror, hur kunde han! Vad var hans problem egentligen? Fyrtioårskris? Han hade väl inget att klaga på! Samtidigt som Marie hade gråtit i telefonen hade Emma blivit mer och mer förbannad på sin bror. Och så barnen! De hade fått tre barn, varav bara det äldsta hade börjat skolan. Hur tänkte han?

Efter hans erkännande fanns det dock ingen annan utväg än att skiljas. Det gick rätt så fort att sälja huset och det var kanske lika bra så Marie och barnen hade en chans att starta på något nytt innan hon grubblade och gick ner sig för mycket. Emma hjälpte sin svägerska så gott hon kunde under denna tid, hennes bror Martin fick dock klara sig själv, och han gjorde det lätt för sig och flyttade helt enkelt in hos den nya kvinnan.

Emma tänkte tillbaka på den tiden med smärta och även sorg. Det är alltid så ledsamt för barn när föräldrar skiljs, kanske kan det ibland vara till det bästa, men familjer blir splittrade och det är som oftast barnen som kommer i kläm. De ska fara fram och tillbaka mellan föräldrar och nya människor kommer in i deras liv. De har inte bett om några förändringar, tänkte Emma. Nu retade hon upp sig igen blott med tanken på allt bestyr som det blev den gången. Nu hade allt lagt sig, och både Marie och de tre barnen hade funnit sig väl till rätta i radhuset och barnen behövde inte byta vare sig förskola eller skola. Martin kunde inte ha barnen hos sig i nya fruns lägenhet, så han fick bli söndagspappa istället. Ja, *som man bäddar får man ligga,* sannerligen, tänkte Emma och kom tillbaka till verkligheten och sin dotters ritning.

"Vad tycker du om färgen på överkastet?" Ava hade ritat med sin favoritfärg, rosa. "Det blev jättefint", svarade Emma, samtidigt som hon försökte skingra tankarna från den där skilsmässan.

"Mamma", sa Ava med en fundersam röst. "Det där med ordspråk, och att bädda sängen. Betyder det att morbror Martin får bädda sängen själv där han bor nu?"

Emma smålog lite och strök dottern över håret. "Ja det får han säkert göra", svarade hon.

Tids nog skulle Ava lära sig ordspråkens innebörd.

En vintermorgon. Av: Anders Näsström

Jag vaknar tidigt denna morgon. Jag hade inte kunnat sova ordentligt. Det hade pirrat i min kropp hela natten, vad skulle hända. Jag vände mig mot fönstret för att se om det hade börjat ljusna. Jo, det var inte riktigt mörkt men det var inte full dager ännu. Jag sätter ner fötterna på det kalla brädgolvet. Reser mig upp och går bort till fönstret. Drar i rullgardinsnöret, men släpper inte snöret som jag brukar göra så den åker upp med en smäll, utan rullgardinen får tyst rulla upp sig. Jag ser att snön faller ganska tätt. Det måste ha snöat en stor del av natten, för snön på fönsterblecket är nästan en decimeter hög. Jag klär på mig tyst för jag vill inte väcka min lillebror.

Denna morgon vill jag ha för mig själv. Jag stänger dörren till sovrummet så tyst jag kan. Hör att mina föräldrar sover fortfarande. Pappa drar några ordentliga timmerstockar och mellan dem hörs ett svagare snarkning från mamma. Sista natten före jul brukar de vara igång ganska länge. Mamma brukar baka de sista kakorna och saffransbullarna så de skall vara riktigt färska på julafton. Pappa har väl som vanligt plockat in granen som vi var ute och högg i skogen förra veckan. På väg ned för trappan känner jag luktstrimmorna som sakta letar sig upp mot övervåningen. Det luktar både gran och saffran.

Jag öppnar försiktigt dörren till vardagsrummet och tittar in. Där står granen och överst är det en stjärna som syns tydligt i det svaga ljuset. Det hänger flätade pappershjärtan och de är som vanligt fyllda med knäck och olika sorters kolor. Det har hänt att jag har plockat någon tidigt på morgonen, men det har inte mina föräldrar gillat och inte min lillebror heller för då har han gråtit och tyckt att han

inte fått några. Jag fortsätter ut i köket. I skafferiet står det en brödburk med saftiga nybakta lussekatter. Jag lyfter på locket
och tar två bullar. Känner att de fortfarande känns lite varma. I en annan kakburk ligger det fullt med pepparkakor. Jag tar några stycken. Väl ute i förstugan tar jag på mig mina kängor och jacka. Bullarna och pepparkakorna stoppar jag ner i jackfickan för att de inte skall gå sönder Jag lånar min mammas halsduk och pappas stickade luva. Mina tumvantar hänger på tork över elementet, det är riktigt varma och sköna att stoppa in händerna i. Utanför dörren står snöskyffeln parkerad. Den känns rätt stor men jag greppar mitt på skaftet så klarar jag att hjälpa till med skottningen. Jag skottar upp en gång bort till ladugården. I snickarboden som ligger inrymt i ladugården hämtar jag den stjärna som jag gjort i slöjden. Läraren tyckte att jag skulle måla den i vitt och rött, men jag stod på mig den skulle var i glänsande guldfärg. Det fanns ingen sådan färg i skolan så jag bad pappa köpa en burk när han var inne i stan. Han hade sett förvånat på mig.
- Vad skall du med sådan färg?
- Det får ni se till jul.
Mer fick de inte ur mig. Eftersom pappa är snäll köpte han en liten burk till mig och frågade inte mer. Nu står jag med den fina gyllene stjärnan och skall hänga upp den. Jag lyfter ut en stege och lutar den mot ladugårdsdörren. Jag klättrar så högt jag vågar och når att knyta fast stjärnan i en spik ovanför dörren. Nu kan alla se var stallet ligger. Jag öppnar försiktigt dörren. Jag ser i halvdagern att både Rosa och Svarten har hört mig och tittar på mig.
- God Jul på er.

Jag drar igen dörren efter mig för att den värme som finns inte skall smita ut. Jag går ut på logen och hämtar en famn hö. Lägger ungefär lika mycket till var och en. Svarten får även en skopa havremjöl i sin krubba. Rosa som legat reser sig upp för att äta. Jag hämtar en liten hötapp till och ger till fåren i sin kätte. Det hänger en skopa på väggen. Jag tar ner den och går fram till Rosa.

Jag mjölkar ur en skvätt mjölk, bara så mycket att det räcker till till bullarna och pepparkakorna.

Jag sätter ner skopan med mjölk på kistan med havremjölet. Kravlar mig själv upp och plockar upp bullar och pepparkakorna. Jag sätter mig tillrätta och säger åter, god jul till djuren. Jag sitter där och äter bullarna och kakorna tillsammans med den spenvarma mjölken.

Mellan tuggorna berättar jag för djuren om hur Jesus föddes i ett stall för många år sedan. Jag kände en rysning och fick gåshud över hela kroppen. För det kändes som det var här och nu.

Vår lilla katt Murre har kommit in och hoppat upp bredvid mig. Hon får en klapp av mig, men hon är mer intresserad att lapa i sig den sista mjölkskvätten. Stämningen denna julmorgon inne hos djuren gör att jag börjar sjunga.

- När juldags morgon glimmar jag vill till stallet gå…

Nu skickas en solstråle in genom ett fönster, och förtrollningen bryts. Jag reser mig upp och säger hej då till mina kamrater och går hem för att se om de andra har vaknat. När jag är framme vid trappan vänder jag mig om och ser solen blänka i stjärnan över dörren.

Men inne i ladan burrar en liten gråklädd gubbe ner sig i höet och mumlar.

- Kan jag få sova nu.

Olivias äventyr

av: Sten Axelson

Maiao ligger tolv mil öster om Tahiti. Det är en liten ö på endast nio kvadratkilometer och med en högsta punkt på etthundrafemtio meter över havet. På ön bor cirka trehundra människor och så Olivia. Olivia är en skalbagge av en art, som heter Leptinotarsa decemlineata, men det är inget hon vet eller funderar på. Hennes släkt har funnits på ön i tretusen år. Långt innan den första människan kom dit. Arten har i alla tider levt på en enda växt, potatis. Inte så att de odlar och skördar, nej de har levt på bladen från en tämligen sällsynt vildpotatis som växer på sluttningarna ganska högt upp. Några andra potatisodlingar finns inte på Maiao så beståndet av skalbaggar har aldrig varit särskilt stort.

Just denna dag blåser det kraftigt, rentav stormvindar. Normalt när det blåser hårt så kryper alla Leptinotarsa decemlineata ner och gömmer sig i undervegetationen. Men Olivia hade hittat ett så läckert blad så hon kunde bara inte släppa det. Förmodligen hade hennes omåttliga aptit att göra med att hon för några dagar sedan blivit med ägg. Det vet ju alla att sådant kräver lite extra energi. Men Olivia kröp alltså inte ner som hon skulle så följden blev att vinden tog tag i och slängde upp henne i luften. Olivia fällde ut sina vingar och försökte av alla krafter att flyga ner mot marken, men det lyckades inget vidare.

- Hjälp nu landar jag i havet, sa Olivia till sig själv, nu är det slut med både mig och mina ägg.

Men som genom ett under kom hon att landa i huvudet på en blondin som satt i en segelbåt som just var på väg in till Maiao för att söka nödhamn. Jag gömmer mig här mellan stråna, så får vi se vad som händer, tänkte Olivia och kröp ner så gott hon kunde.

En stund senare var båten i land och Olivia somnade ifrån alltihop.

Nästa morgon var det lugnt igen och segelturen fortsatte med Olivia kvar i Elsas blonda hårsvall. Varm och gott här tänkte Olivia och det är bara hav runtomkring, så jag har inget val. Jag stannar ett tag till.

Tre dagar senare anlöpte de Tahiti och där lämnade Elsa och hennes Tage tillbaka den hyrda båten, för att flyga hem till Sverige. Olivia tyckte det var så ogästvänligt och bråkigt utanför hårbotten så hon stannade kvar.

Nästa dag landade flygplanet på Landvetter och Elsa och Tage tog sin bil för att åka hem till Tvååker där de bor. Hemma i Sverige var det högsommar och lämpligt nog hade ett högtryck dragit in och parkerat sig mitt i landet. I höjd med Fjärås hade det blivit väldigt varmt i bilen så Olivia tyckte det blev för hett. Därför kröp hon upp ur håret och tittade sig omkring.

- Vad är det för ett äckligt kryp du har i huvudet? Säger Tage.

- Vad då, var är det skriker Elsa och borstar frenetiskt över huvudet.

Följden blev att Olivia flög ut genom den nervevade sidorutan. Där fällde hon ut vingarna för första gången på flera dagar. Efter en kort stunds flygning upptäckte hon ett potatisland som hon landade i. Jag är ju jätehungrig, tänkte hon och satte sig tillrätta på ett blad. Här kan jag leva gott och mina ägg kommer att ha mat när de behöver det så småningom.

Lite senare på sommaren lade Olivia sina ägg för att direkt därefter glömma bort dem. Sorgligt nog så dog hon senare på hösten, så som skalbaggar har för vana att göra.

Sju år och sju generationer senare landade skalbaggen Hugo utanför en lanthandel i Lomma. Om han kunnat läsa så hade han genom de stora bokstäverna på löpsedlarna utanför lanthandeln kunnat ta del av nyheten.

Katastrof för potatisodlarna, nittio procent av årets skörd förstörd av skalbaggeangrepp.

Brevet Fortsättning på Monique.

Av: Marianne Andersson

Stentrappan känns varm. Jag virar kjolen omkring knäna och sätter mig. Jag har varit hemma drygt två veckor efter vistelsen i Paris, försöker förbereda höstterminens kolstart, men har svårt att koncentrera mig. Kan inte släppa tanken på Monica. Drömmarna hon hade. Vad hon varit med om genom åren?

För de flesta av mina grannar är semestern slut. Endast några barn, som fortfarande är lediga cyklar omkring. - Hej fröken! ropar en kille, när han snabbt cyklar förbi. Jag vinkar tillbaka.

- Postbilen är punktlig idag, tänker jag när den närmar sig mitt hus. I lådan finns två tidningar, lite reklam och ett brev postat i Frankrike.

Jag slår mig ner igen på den solvärmda hustrappan och öppnar brevet. Det är skrivet på franska och i ett litet rosa kuvert med mitt namn på ligger någonting. Jag känner väl igen doften då jag öppnar det. Hennes medaljong. Jag kramar den och sväljer klumpen i min hals. Som genom en slöja ser jag att björkens löv framför grinden till mitt hus redan börjat bli gula.

Då min franska inte är tillräckligt bra kontaktar jag en kollega, som lovar att hjälpa till med översättningen av brevet. Vi sätter oss tätt bredvid varandra på trappan. Solen lyser och det är fortfarande skönt ute.

Min kollega läser:

- Bästa Kristina. Jag äger en affär där Monique brukade handla och har med åren blivit en god vän till henne. Hon har som du vet inte haft det så lätt genom åren här i Paris.

Det finns människor som utnyttjat henne på många sätt. Jag vet att du besökte henne för ett par veckor sedan och att du då förstod att hon var mycket sjuk. Jag var hos henne dagen efter att du rest. Hon var så glad att äntligen få träffa dig och berättade om er uppväxt och framtidsvisionerna ni hade som unga. Berlocken hon fått av sin farmor en gång ville hon att du ska ha. Du var som en tvillingsyster sade hon. När jag tittade in till henne följande eftermiddag var allt förbi. Hon såg lugn och fridfull ut där i sin säng. På

bordet fanns kuvertet till dig. Hon dog i ensamhet och det gör mig ledsen att jag inte stannade hos henne. Stoftet av Monique ska spridas i en minneslund här i Paris efter hennes vilja.

Allt är suddigt av tårar. Jag håller min kollegas hand och som i dimma fortsätter vi att läsa.

Hon hade inga tillgångar. Som du kanske vet fråntogs hon allt av mannen hon litade på

Jag var den som stod henne närmast här. Vi får minnas Monique så som vi kommer ihåg henne var och en på sitt sätt.

Bästa hälsningar Nadine Leronde.

Jag ser på min kollega och tårarna rinner nedför kinderna. Hon kramar min hand. Jag ser på medaljongen.

- Hon fick iallafall tillbaka den. Jag är glad att jag sökte upp henne även om jag har dåligt samvete att jag inte stannade längre. Jag skulle suttit bredvid och hållit hennes hand. Hon fick dö i ensamhet. Ingen ska behöva göra det. Min kollega ser på mig och säger:

- Nej det är sant men du gjorde säkert hennes sista dagar ljusa genom ditt besök. Tänk så och minns henne som hon var när ni var unga, säger min kloka arbetskamrat. Vi omfamnar varandra. Stentrappan är fortfarande varm där vi sitter. Allt är tyst. Alldeles tyst.

Av: Eva Davidsson Larsson

Vi sitter där i rader, vi är så etablerade

Vi är så vänligt sinnade, ibland smått sofistikerade

Då tänker jag på kören som jag tittar på i teve

Den heter "Gatans kör" med folk som hamnat "breve"

En del har sovit utomhus, en del har skitna kläder

En del har tagit sig ett rus, ja för att klara iskallt väder

För många är den kören deras chans att få revansch

Att träffas, få gemenskap för dem en sista chans

De liknar inte oss, men på ett sätt är vi lika

Vi delar sångarglädjen och den ju oss berika

Så när jag tänker efter är skillnaden ej så stor

Hon kunde varit din syster,

han kunde ha varit vår bror

Kan man få klä sig som man vill

Av: Inger Gustavsson

Johan klär sig, även i vuxen ålder, helst i ljusa och glada färger. Rosa skjorta ihop med ljusblå kavaj. Vita jeans kombineras gärna med blommönstrad överdel i lavendeltoner.

Hans intresse för mode och kläder har alltid ansetts lite löjligt bland kompisarna. Inte ens tjejerna bryr sig lika mycket. Om han vore som de skulle han alltid klätt sig i klänning eller kjol. Som mamma. Hon syr sina egna kläder av de vackraste tyger. Mjuk flanell, krispig bomull, siden och sammet. Johan hade gärna velat lära sig sy så där fint, men mamma sa alltid att det var ett opassande intresse för pojkar. Åh, vad han gärna hade varit flicka istället. Att få sminka sig och måla naglarna, kunna välja mellan byxor och kjol. Skor med klack som är så fint. För att inte tala om alla smycken en tjej kan välja mellan. Själv får han nöja sig med snygga klockor om han ska slippa elaka kommentarer. Det är orättvist att Louise, hans syster gärna får ha på sig killkläder. Någon klänning har hon inte ägt sedan hon var liten. Att öppna dörren till hennes garderob, där de dystra svarta jeansen och tröjorna hänger på rad är som att gå in i en gravkammare. Det har han sagt till henne. Hon skrattar bara och säger att det är praktiskt. Louise skulle aldrig drömma om att ta på sig något som mamma har sytt. Det ledde till en öppen konflikt redan inför henne första skolavslutningen. Mamma hade lagt mycket tid på att sy en ljuvlig, rosablommig liten klänning med både volanger och rosetter. En riktig dröm ansåg Johan som genast ställde sig på mammas sida när Louise vägrade att ta emot den och

mamma brast i gråt. Han hade mycket hellre haft på sig den
än de trista enfärgade bomullsbyxorna han fått. I smyg
provade han klänningen. Han vände och vred på sig
framför spegeln och njöt av anblicken. När nu Louise inte
ville ha den, och den faktiskt satt rätt bra på hans sexåriga
kropp, bestämde han sig för en revolt.

På avslutningsdagens morgon hade mamma stressrosor på
kinderna och rösten i falsett. Alla sprang om varandra för
att hinna bli klara. Mamma, som ännu inte kommit över
dotterns svek, gjorde ett sista försök att beveka sitt barn.
Dock stod inte klänningen att finna. Inte hade de tid att leta
heller. Glad i hågen fick Louise ta på sig sina vanliga
mörka långbyxor, men gick med på att byta de eviga
trikåtröjorna mot en ärmlös blus, dagen till ära.

Det var först när de alla i samlad tropp och i snabb takt,
traskade iväg till skolan där eleverna skulle samlas i sina
klassrum, och därefter gå ut och möta föräldrar och syskon
på skolgården, som Louise såg att Johan bar på en kasse.
Han var beredd på frågor och svarade inövat att det var en
överraskning som hon skulle få se sedan.

Skolgården är inte stor och den här dagen var där fullt med
förväntansfulla anhöriga. Lekplatsen mitt på gården var
ockuperad av småttingar som väntade på äldre syskon. Det
hade inte Johan tänkt på. Han hade föreställt sig att den
lilla rutschkanan som var utformad som en tunnel från
klätterställningen ner mot marken, skulle vara tom och
övergiven. Nu blev han tvungen att improvisera. Skolan är
från början byggd som en fyrkantig koloss i tre våningar,
men har med tiden fått tillbyggnader lite här och där
på sidorna. Ibland tycker Johan att huset påminner om ett
Barbapapahus där familjen byggde på nya rum i takt med

vad barnen behövde. Det var därför inte svårt att hitta en liten vrå mellan vaktmästarexpeditionen och cykelstället, där han ostört kunde genomföra sin kupp.

Aldrig ska han glömma hur känslan av lycka och triumf spred sig från magtrakten och ut i hela kroppen, när alla vände blickarna mot honom där han långsamt skred fram mot sin mamma. De tittade och pekade. Många log mot honom, och det kan hända att en del också skickade en undrande och medlidsam blick mot hans mor. Det märkte i så fall varken Johan eller hans mamma. Hon stod med ryggen mot honom och spejade mot lekplatsen där hon antog att han var. Och nu, kom eleverna ut på skoltrappan. Mamma bytte föremål för sin spaning och ville nästan gråta en skvätt. Hennes lilla prinsessa, stod som ett litet svart utropstecken bland alla flickor i blommiga sommarklänningar. Hon kände Johans hand i sin och kramade den lite, men höll fortfarande blicken mot trappen där barnen nu sjungit klart sina sommarsånger och släpptes iväg för sitt första sommarlov. Louise kom springande emot dem med diplom och blomma från fröken i högsta hugg.

Innan hon hunnit ända fram stannade hon upp.

– Johan, vad fin du är! Vad bra att klänningen ändå blev använd!

Man kan alltid ändra sig.

Av: Kirsten Hagen

Äntligen! Dags för lite umgänge! Gunilla var en social person och i kväll skulle hon på kalas till sin sons svärmor som fyllde jämt. Sjuttio år! Pigg som en ungdom och verkade inte störas av några siffror.
"Sjuttio är det nya femtio vet du väl", brukade hon säga när de träffades.

Gunilla klev upp ur badet och sträckte på sig. Virade en handduk runt håret och smorde in sig med en mjukgörande lotion. Det skulle bli kul att ta på sig något nytt också. Det vill säga, nytt var det inte, utan hon hade lånat en uppsättning kläder av en väninna. Hon hade verkligen inget snyggt själv ansåg hon. Därför hade två av hennes väninnor erbjudit sig att dyka in i sina garderober och föreslå något som åtminstone på Gunilla kunde kännas som nytt. De hade träffats i veckan innan hos Britt. Den tredje kompisen Tina hade kommit med tre uppsättningar kläder, där kavaj, blus och byxor hängde på var sina hängare, noga och snyggt matchande. "Det blir som i *Gör om mig* på Tv i Go'kväll-programmet", sa Tina och log. "Och du och jag har ju samma storlek också." Gunilla fastnade för en blus med svartvit mönster, en svart kavaj utan slag och svarta tighta byxor. "Det sitter som en smäck på dig", utbrast både Tina och Britt.

Nu hängde plaggen på en krok jämte hennes spegel i sovrummet och väntade på henne. Hon hade omsorgsfullt plockat fram smycken som passade och målat naglarna i en ljus färg. Hon tog på sig blusen och de tighta byxorna i skinnimitation. Ställde sig vid badrumsspegeln och skulle göra sig i ordning. I samma stund som hon böjde sig ner för att plocka upp sin puderkvast i nedersta lådan hördes ett smärre ljud som tydde på att det hände något med byxorna där bak. Gunilla blev så förskräckt så puderdosan for i väg. Åh, nej! Puder över hela blusen, och när hon tog av sig byxorna så var det en stor glipa bak. Av med blusen för att lägga den i blöt i handfatet. Byxorna hade gått upp i sömmen så med symaskinens hjälp kunde hon laga dem. Men så förargligt, och pinsamt! Vad skulle Tina säga? Gunilla tittade på klockan. Femton minuter till taxin skulle komma. Vad skulle hon ta på sig? Hon drog upp garderobsdörren, det fick bli vad som helst. Hon fick syn på en klänning hon hade köpt i Varberg i somras som hon hade glömt att hon hade. Den kunde passa för kvällen. Snygg, halvlång modell i grönmönstrat. Det var fortfarande varmt ute denna augustikväll, så den tillsammans med en liten kofta borde räcka. Skor och smycken hon redan hade lagt fram passade bra till. Puh, på med kläderna och ut till taxibilen.

Kvällen blev lyckad och nästa dag, efter att Gunilla hade tvättat och strukit blusen och sytt ihop byxsömmen, ringde hon till Tina. "Blev kläderna bra på dig igår och hade du en trevlig kväll?" undrade väninnan. Gunilla berättade om fadäserna och bad om ursäkt. "Äsch", svarade Tina. "Det gör inget. Och kläderna är ju inte förstörda. Huvudsaken är att det inte hände dig något."

Samma eftermiddag skulle Tina och Britt gå en runda med sina hundar. "Hoppas Gunilla trivdes i dina kläder i går kväll", sa Britt under promenadens gång. "Nja, hon ringde nu på förmiddagen och det visade sig att hon tog en klänning i stället". "Gjorde hon?" Britt såg förundrat på henne. "Hon var ju så fin i de kläderna hon lånade av dig." "Jo, men man kan alltid ändra sig", svarade Tina. Hon smålog lite för sig själv. Tänkte att Gunilla kunde själv berätta om orsaken, om hon kände för det.

Kyrkmöss.   Av: Anders Näsström

Det var en morgon då jag upptäckte den lilla musfamiljen.
Jag hade kommit lite tidigare än de andra till kyrkan. Jag
brukade gå upp och meditera vid sidan av den stora
orgeln. Medan jag satt tyst och bara kände lugnet kring
mig hördes ett rasslande och pipande inifrån orgeln. Jag
smög försiktigt fram och tittade in bland piporna. Vad jag
fick se var något helt otroligt. Därinne hade mössen byggt
ett helt hem. Det första jag såg var ett litet vardagsrum.
Pappa mus satt i en fåtölj och läste morgontidningen,
samtidigt som han bolmade på en pipa.
De små musbarnen satt och lekte på golvet. Mellan ett
par orgelpipor såg jag en dörr. Det skramlade från rummet
därbakom. Mamma mus kom fram till dörröppningen. I
famnen hade hon en stor vit kaka.
- Kom och ät frukost nu,
Pappa mus tittade upp över tidningen, med glasögonen
långt ned på nosen
- Jaså det skall bli nattvard idag.
Det var nämligen en oblat som mamma mus hade i famnen.
- Att det skall var så lång väg till skafferiet, sa mamma
mus.
Hon och vände sig till barnen.
- Kan inte ni som är så påhittiga komma på nått bra sätt
att slippa springa i alla trapporna?
Alla begav sig ut till köket. Medan de satt och åt kikade
jag runt lite. På en av dekorations-piporna hade de gjort
en liten dörr. Upp utefter pipan fanns det hål som liknade
fönster.
- Det skulle inte förvåna mig om de byggt en trappa inuti

pipan, mumlade jag.

Jag hörde pappa mus säga,

- Så snabba på nu, snart börjar ovädret.

Han låter som en furir som ger order till sin trupp.

- Hörselkåpor på,

- Att det alltid skall vara så hemskt varje söndag, ojade sig mor mus.

- Jag tycker det är en bra plats att bo på. Hela veckan får vi vara för oss själva. Kan du tänka dig ett bättre ställe. Har du sett till någon katt eller uggla härinne?

- Nä det det har jag inte.

Den lilla musflickan lade sig i samtalet

- Kan man bo någon annanstans då?

Hennes bror inflikade snabbt.

- Klart man kan. Har du inte varit ute och kikat i trädgården?

Mamma mus blev alldeles stel av skräck. Hon vet nämligen att det bor en stor tornuggla högt upp under taket. Hon gav sin make en menande blick. Han tittade åt ett annat hål, medan han putsade glasögonen. Han hade nämligen lite svårt att tillrättavisa sina barn.

En dov duns ekade genom kyrkan då den stora kyrkdörren slog igen. Sedan ett hasande ljud i trappan upp till orgelläktaren. Väl uppe hängde organisten sin ytterrock på en galge bakom orgeln. Sedan öppnade han en liten lucka och tryckte på en stor röd knapp. Hela orgeln fylldes av ett svagt sus då den stora fläkten som driver orgeln vaknade till liv.

Jag tittade in mellan piporna och såg att alla mössen tagit på sig hörselkåpor. De marscherade på rad genom dörren i pipan. Då de inte syntes till i något av fönstren uppåt pipan förstod jag att de hade byggt ett skyddsrum nere i golvet på orgelläktaren.

En gammal kompis

av: Sten Axelson

- Nämen tjänare, är det inte Bosse min gamla kompis?

Vi hade just blivit utsläppta för lunchrast i det seminarium jag deltar i och promenerar på Västerlånggatan i gamla stan i Stockholm för att hitta ett lämpligt lunchställe. Jag förväntar mig inte att träffa någon jag känner där.

Personen som så högljutt ställer frågan är ungefär i min ålder och ser mycket elegant ut. Han är klädd i en duvblå Armanikostym och med ett brett guldhalsband. Men jag har ingen aning om vem det är.

- Nä, men säg inte att du inte känner igen mig, så mycket roligt som vi har haft ihop, fortsätter främlingen.

- Nä, ja, jo det är klart att jag känner igen dig, men namnet är liksom borta.

- Peter för fan, hur kan du ha glömt det?

- Ja Peter ja, hur kunde jag glömma det he he, kul att se dig.

- Vi måste gå någonstans och prata gamla minnen.

- Ja, det är så att jag bara är ledig en liten kort stund och skall bara äta en snabblunch.

- Ja, men då lunchar vi ihop, vi går till Gyldene Freden det är bara runt hörnet.

- Gyldene Freden det är alldeles för dyrt för mig.

- Ja, men jag betalar självklart för oss båda.

- Inte skall du betala för mig, det blir ju jättedyrt.

- Det drabbar ingen fattig, säger Peter med ett leende och knuffar till mig på skämt.

- Ja men då så, då får jag väl tacka, säger jag.

Det är inte utan att jag skäms lite. Jag borde naturligtvis sagt ifrån ordentligt att jag inte kände igen honom. Antagligen har han tagit miste, men han visste ju vad jag heter. Väldigt konstig för när jag tittar närmare på honom är jag ganska säker på att jag aldrig träffat honom förut.

Gyldene Freden låg precis som han sa bara runt hörnet och Peter, som verkar väldigt bekant med hovmästaren ser till att vi får ett fint fönsterbord. När vi sätter oss ser jag att jag glömt ta av mig den namnskylt som hänger i ett band runt halsen. Bo Johansson Borås lokaltrafik står det på den. Lite generat stoppar jag ner den i fickan.
När vi beställt och fått in maten, som består av löjromstoast till förrätt med sjötunga Valevska till huvudrätt och med champagne som genomgående dryck, allt beställt av Peter så säger han:

- Nu får du berätta hur det gått för dig i livet sedan vi träffades sist, det var väl i juli 1968 på Stadshotellet i Borås om jag inte minns fel?

- Ja, det stämmer kanske?.

- Ja, hur gick det med den där tjejen som du sällskapade med?

- Elsa, menar du. Jo vi är gifta och har varit det i många år nu.

- Menar du det? Ja Elsa ja, det var en riktig snygging. Jag var riktigt avundsjuk på dig då. Och en massa barn har ni förstås också

Två stycken, en av var sort.
- Var bor du någonstans nu då, bor du kvar på samma ställe?

- Jo jag bor kvar i Borås.

- Ja Borås där har jag inte varit sedan vi träffades 1968.

Sedan förflyter lunchrasten under trevligt samspråk, ja det är mest Peter som pratar och berättar olika anekdoter ur sitt tydligen mycket spännande liv.

Men tiden går fort och jag sneglar på klockan och ser att det är hög tid för mig att bryta upp.

- Jag måste bara gå på toaletten innan vi går, säger Peter och så försvinner han.

När det gått tio minuter och inte Peter kommit tillbaka går jag ut till toaletten, men det finns ingen Peter där.

- Ursäkta men såg ni möjligen vart Peter tog vägen? Säger jag till hovmästaren.

- Peter, vem är det?

- Jag fick uppfattningen att ni var bekanta, säger jag.

- Om ni menar herrn i ert sällskap så har jag aldrig sett honom förut, men han gick för en stund sedan. Han sa att ni skulle betala. Så jag skall kanske komma med notan nu?

Plankan.
Av: Marianne Andersson

Det börjar skymma. Per-Erik är ensam kvar på takåsen. Han avskyr arbetet här uppe då balansen inte är som den har varit efter en skallskada några år tidigare. Yrselattackerna kommer allt oftare. Han sträcker sig efter hammaren för att slå i en sista spik för dagen. Då råkar han stöta till en bräda som faller ner genom en öppning i taket. - Asch, den fixar jag imorgon, muttrar han och klättrar sakta nerför byggnadsställningen.

Hemma ger sig yrseln och huvudvärken till känna. En stol räddar honom från att falla. Det är tyst. Frun är inte där idag heller. Hon arbetar på Cafe´ Lilla Koppen, och kan vara borta hela kvällar till långt inpå natten ibland. När han frågar var hon varit är hon tyst eller säger att det inte angår honom. Dyra kläder har han också lagt märke till att hon köper.

Fotbollsmatchen ett par år tidigare då han kolliderade med en motspelare och blev medvetslös påverkar deras liv. De har kommit ifrån varandra på något vis, då han inte orkar med alla aktiviteter de ägnat sig åt tidigare. Nu väntar ännu en kväll och kanske natt i ensamhet.

Byggfirman var tidigare en trivsam arbetsplats med god, välskött ekonomi. Dess VD värnade om medarbetarna och miljön. Då Per-Erik inte klarade heltidsjobbet längre fick han andra arbetsuppgifter och stöttning av kollegorna. Så kom den där dagen de blev informerade om att företaget skulle överlåtas till Byggmästare Wallén. Känd som arrogant med en hård, otrevlig attityd. Omplaceringar skulle verkställas. För Per-Erik som är obekväm med höjder görs inget undantag. Glädjen och gemenskapen är borta.

Hon ligger i sin säng på morgonen. Han väcker henne inte. Per-Erik promenerar till husbygget han lämnat kvällen innan. Förr tog han cykeln men balansrubbningen har satt stopp även för detta.

En ambulans och polisbil står parkerade vid byggarbetsplatsen. En tunnhårig man med kraftiga glasögon kommer emot honom.

- Kommissarie Jansson , säger han och räcker fram handen. Han förklarar sedan att snickaren, som först kommit till arbetsplatsen hittat en man liggande livlös på golvet. Det visar sig vara självaste Byggmästare Wallén. Han har troligen blivit träffad i huvudet av en planka som fallit ner från taket och dött direkt.

Brädan ligger bredvid. Per-Erik får kalla kårar utmed ryggen. Kommissarien frågade om det var han, som sist lämnade husbygget igår? Detta kan han inte neka till. Han minns också att en bräda slank ner på golvet. Kan den ha träffat Wallén? I så fall var det en olyckshändelse. Kommissarie Jansson ber att få återkomma.

Hon är tyst. Säger att hon inte mår bra. Per-Erik berättar vad som hänt på byggarbetsplatsen. Hon ber honom lämna henne ifred. De talar inte med varandra längre.

Tre dagar senare får kommissarie Jansson bekräftat från rättsmedicin att byggmästare Wallén dött av flera slag i huvudet med en hammare eller något annat hårt föremål. Plankan bredvid kan omöjligt ha orsakat hans död. Därmed startas en mordutredning. Stämningen på arbetsplatsen blir olustig. Är det någon här som är skyldig?

Visserligen var Wallén ingen omtyckt person eller som chef, men att ta livet av honom.

Per-Erik känner ett tryck över bröstet och illamåendet som inte vill släppa. Sömnbristen gör balansbesvären och yrseln mer påtagliga. Frun däremot har blivit mera ödmjuk. Ibland rör hon till och med vid honom
Han hör henne gråta. Hon sitter i sängen och ber honom slå sig ner bredvid. Tar hans hand och kramar den. Rösten är skrovlig då hon får fram.
- Året efter din hjärnskada inledde jag ett förhållande med Wallén. Jag hade planerat avbryta det, men han hotade göra dig illa i så fall. Han gav mig pengar bara vi fortsatte träffas. Vår ekonomi blev ju inte den bästa efter den där olyckliga fotbollsmatchen, då du inte blev dig riktigt lik. Kände mig smickrad av honom till att börja med. Men han blev mer krävande och till slut tröttnade jag. Jag var hos honom den kvällen då du var själv kvar på bygget. Ville avsluta förhållandet, men han blev ursinnig. Med stora steg gick han ut. För att döda dig sa han. Förtvivlad sprang jag efter.
Visste att du arbetade och såg dig på takåsen. Vågade inte ropa till dig. Han försvann in i
byggnaden. Jag sprang efter. På golvet låg en hammare. Jag greppade den och slog honom i bakhuvudet. Han föll ihop. Jag slog och slog tills jag förstod att han var död. Jag ville inte förlora dig. Snälla förlåt.
Han ser henne i ögonen. Sitter kvar på sängkanten. Släpper hennes hand utan att säga någonting. Drar fram mobilen ur byxfickan och slår numret till kommissarie Jansson.

Gryningsdikt

Av: Eva Davidsson Larsson

Människoögats filtreringsförmåga skapar universell
orättvisa

Katastrofhjälp anbefalles!

Horisontens obevekliga gränsland tvingas isär av för tidig
gryning

Åkerns upplöjda fåror snarare kompletterar än motverkar

Orubbad ligger stenen styvmoderligt betraktad

Kall!

Motsättningarna skapar inre krigsberedskap

Obarmhärtigt exponeras livsfårans djup i det skingrande
morgondiset

Minnen i en liten burk

Av: Inger Gustavsson

Trots att jag nästan slutat sy och handarbeta, har jag kvar en onödigt stor samling tyg, dragkedjor, mönster från tiden då barnen drog kläder i centilongstorlekar, tråd i olika färger, och en massa annat som kan vara bra att ha. Länge har skåpet där allt förvarats pockat på uppmärksamhet. Jag vill veta vad som egentligen gömmer sig där, om det kan vara till nytta för någon annan, eller om där ändå finns skatter jag vill behålla. Kanske skulle lusten att sy rentav komma tillbaka. Så kommer en dag när jag känner mig extra energisk och motiverad, efter att ha läst ett inlägg på sociala medier. Enligt inlägget gäller det att bara behålla det som gör en glad och släppa taget om allt annat. Sagt och gjort. Skåpet är välfyllt, men jag går ut hårt och har snart fyllt flera kassar med sybehör som ska skickas vidare till Second hand.

Längst in i skåpet står en plåtlåda jag nästan glömt bort. Den är fint mönstrad och har ett lock med gångjärn. Inte så väldigt stor, Jag greppar den med en hand, och hör hur det skramlar. Den innehåller en riktig skatt. Jag öppnar locket och låter handen leka runt bland alla hundratals knappar som ligger däri. Av mamma och mormor har jag lärt mig att klippa bort knapparna i kläder som ska kasseras. Av tyget sydde man nytt, eller klippte mattrasor. De sparade knapparna kunde sedan pryda nya plagg. I lådan ligger mängder med skjortknappar, nästan alla vita. Men också fina av pärlemor som jag vet fått tjänstgöra i mer än en blus. De stora gula som lyser emot mig, satt en gång på

80-talet i en färgglad viskosklänning. Varför slängde jag den? Jag vill ha tillbaka den! Eller, kanske är det tiden då jag bar den, som jag saknar?

Medan jag sitter där och begrundar tidens gång, kommer ett nästan bortglömt minne över mig. Jag minns en liten barnröst som ropar:

"Farmor, nu är vi klara, du kan komma in nu".

Dörren till mitt syrum, där jag utöver symaskin och handarbetsmaterial, också har mina klädgarderober, har varit stängd en stund. Nu slås den upp på vid gavel av de båda systrarna som härjat där. Det är fantastiskt vad de hunnit med på den halvtimme jag lämnade dem ifred. Mitt förråd av festkläder, skor och smycken är rätt så omfattande. Även om jag som drygt 50-årig farmor kanhända inte framstod som en partypingla längre, har jag levt ett annat liv med en lagom dos glitter och glamour. Lämningarna från det livet, tjänstgör numera som rekvisita när barnbarnen kommer hit och leker. Idag har det blivit inredning i en liten tjusig butik där jag nu uppmanas se mig om och gärna köpa allt jag vill ha.

Storasyster som är nio år och mer världsvan än sin yngre syster, lotsar mig runt bland klänningar, väskor och skor. Föreslår än det ena och än det andra som jag säkert behöver, allt medan hon kämpar för att hindra den stora, broderade sidenschal hon hängt över axlarna, från att glida ner på golvet. Under tiden sitter lillasyster, fyraåringen förväntansfullt bänkad på en stol bakom ett litet avlastningsbord på hjul. På bordet står kassalådan, det vill säga min knapplåda, i väntan på att affärer ska göras upp. Hon rasslar lite otåligt med halsbanden hon hängt om halsen och vippar lite med ena foten som balanserar en silverfärgad remsandalett på yttersta tåspetsen.

Till slut har jag gjort mina val, och lagt i varukorgen, som till vardags fungerar som förvaring för mina pågående stickprojekt.

Dags att betala och lillasyster plockar förtjust upp mina utvalda varor, samtidigt som hon med tuschpenna skriver ner lite krumelurer på ett papper.

"Det blir 22 och åtta" bestämmer hon. "Men oj, jag har ju inga pengar" kommer jag på.

"Jo då, här får du", hon gräver upp en näve knappar ur lådan, stoppar ner dem i en av mina väskor som dittills ingått i butikens varuutbud, och räcker över den till mig.

"Nu, farmor, nu kan du betala".

Efter ett antal besök av dessa små damer och samma lek, många gånger, låg det till slut en liten knappsamling i nästan alla mina handväskor. Flera år efter att de blivit för stora för rollekar, hände det att jag fick fram någon aftonväska som fortfarande innehöll en liten fyråringsnäve blandade knappar.

Det är klart att min gamla knapplåda får stanna kvar i skåpet. Kanske jag visar den för flickorna som nu är vuxna, när det kommer hit någon gång.

Renoveringen.

Av: Kirsten Hagen

Åsa stirrade på sin syster. "Så du ser ut! Vad håller du på med?" Systern log, samtidigt som hon torkade sig med handflatan i pannan. Hon hade grön färg på kinderna och på hakan och det gråsprängda håret såg inte bara ut som Einsteins frisyr utan hade även det gröna inslag.

"Jag har börjat renovera och fixa till min lägenhet. Kom in så får du se!". Åsa tog av sig skorna i hallen och följde intresserat efter sin storasyster. "Nu när jag har slutat jobba har jag äntligen tid att göra lite här hemma! Kolla sovrummet!" "Oj, här var det grönt", utbrast Åsa. Hennes syster Britta var en sann konstnärssjäl. Hon var jättebra på att rita, måla, dreja och i stort sett allt som hade med hantverk att göra. Hon hade jobbat som teckningslärare i alla år, fram tills nu, då hon vid sextioårsåldern hade möjlighet att sluta jobba och ägna sig åt sin konst på heltid. Om detta även innebar att måla om hela sin lägenhet var mer än Åsa hade funderat över. Själv var hon inte alls lagd åt det konstnärliga hållet. Hon var inte ens bra på att rita. Hon var mycket mera en teoretiker och hade fullt upp med sitt jobb som inköpsansvarig på ett stort textilföretag.

"Javisst är det grönt", replikerade Britta. "Mossgrön heter färgen. Jag har kollat på You Tube att man ska kunna måla både väggar, tak och lister i samma färg, inte fega med vitt tak och vita lister. Du ser väl hur fräckt det blir! Och kolla här! Jag har köpt nytt tyg som jag ska sy gardiner till sovrummet av. Härliga orange blommor i tyget! Visst kommer det bli fint!" Hon sken som en sol i allt det gröna. "Jo, faktiskt!" Åsa blev smått överraskad av sin kommentar. Det såg harmoniskt och rogivande ut, det fick hon medge. "Min säng i svart metall gör sig snygg i rummet nu", fortsatte Britta, "tidigare kom den inte alls till sin rätt." Jag ser fram emot att lägga mig och njuta tillvaron i kväll." Britta bodde själv och hade så alltid gjort. Hennes liv hade inte rymt vare sig man eller barn. Till skillnad från Åsa som hade både man och numera två tonårspojkar. I hennes fall var det inte aktuellt med någon renovering. De bodde i en sprillans ny lägenhet där det mesta var vitt och lättskött, och både hon och mannen var fullt upptagna av sina karriärer.

"Jag ska ta itu med hallen nästa vecka." Brita lät entusiastisk "Färgen heter taupe. Det är en blandning av beige och brunt, tror det kan bli stiligt där. Och sen har jag funderat på en färg åt cappuccino-hållet i vardagsrummet!" "Du är sannerligen energisk!" Åsa klappade henne lätt på armen, vågade inte riktigt vara för nära med tanke på grönfärg lite överallt på Britas kläder. "Jag fixar lite kaffe till oss, och ett paket kex har jag i skafferiet." Britta var redan inne i köket. De tog en kaffefika på stående fot innan Britta kände att hon fick ta det sista med takfärgen. Åsa tackade för sig och önskade henne lycka till. Själv skulle hon nästa morgon ge sig i väg utomlands på en av sina många affärsresor. Hon såg inte fram emot det, men det var inget annat att göra än att bita ihop.

Åsa hade nästan glömt bort Brittas renoveringsprojekt när hon några veckor senare kom på att hon inte hade pratat med sin syster sen sist hon varit där, mitt uppe i Brittas målande. Hon slog henne en signal på kvällen och var nyfiken på hur det hade gått. Britta var inte alls så entusiastisk som sist när de sågs. Åsa hörde redan på rösten att systern var uppgiven och nere. "Nej, det blev jobbigt med den där renoveringen." Britta suckade i luren. "Det blev små bubblor överallt i taket i sovrummet och lika illa i hallen. Och i vardagsrummet var det hopplöst att få väggarna täckta med den nya färgen. Så jag fick kontakta en målerifirma som ska gå genom alla mina rum och måla om och rätta till allt, så det kommer bli en dyr historia. Inte alls kul. De ska starta nästa vecka. Jag oroar mig för den fakturan." Hon suckade igen. "Men så tråkigt." Åsa tyckte verkligen synd om sin storasyster som lät så glad och uppspelt senast. "Ja, så här hade jag inte tänkt mig det." Britta lät bedrövad. "Men färgvalet i alla rum blev bra, det sa även målaren som var här, så där lyckades jag i alla fall. Men någon mer renovering vågar jag mig inte på."

Första advent.

Av: Anders Näsström

Kyrkmusfamiljen som hade byggt sig ett hem inne i orgeln, hade det lugnt och skönt. Det hade nästan inte varit en enda gudstjänst under hela hösten. Mor i huset var lite bekymrad över maten. Nästan alla oblaterna som de brukade äta till söndags-middagen var uppätna. Men som tur var hade en av vaktmästarna varit inne och upptäckt bristen.

- Oblaterna är nästan slut, det får jag komma ihåg. Konstigt att prästen inte sagt något.

Någon dag senare kom vaktmästaren tillbaka med flera kassar med varor. Mor i huset kikade fram mellan ett par av orgelpiporna. Han gick in i sakristian med kassarna. Efter några minuter kom han tillbaka med en dammsugare. Hon förstår att det är förberedelser för en kommande gudstjänst. Vaktmästaren tar nästan halva dagen på sig för att få bort allt damm. Snart känner mor uppe i orgeln hur värmen stiger upp från elementen i kyrkan. Hon samlar sin familj till ett familjemöte.

- Det är snart dags att de där människorna ska samlas för att föra oväsen. Vet ni alla var hörselskydden finns?

- Jag tror att de ligger under sängen, där har det legat ända sedan i somras. Säger den lilla gossen.

Hans syster sitter och nickar.

- Det gör mina också. Piper hon

- Spring och hämta dem så jag kan se att ni vet var dom är.

Medan de var iväg och hämtade skydden sätter hon en framtass mellan sin makes revben medan han satt och rökte pipa och var försjunken i tidningen "KyrkmusNytt".

- Var är dina hörselkåpor?
- Vad säger du för något. Jag sitter och läser tidningen, en artikel om hur man isolerar sin bostad på kyrkvinden.
- Dina hörselkåpor?
- De måste ligga uppe på vinden tror jag.
- Måste du alltid bara lägga allting var som helst.
- Men det var ju där jag använde dem sist.
- Hur många gånger har jag inte sagt till dig att lägga dem där de skall vara.
- Jamen det gjorde jag ju. Jag använde dem där.
- Hrmf. När skall det bli mus av dig.
- Är jag inte det. Förresten varför undrade du det.
- Jag blir galen.
De bägge ungarna kommer tillbaka med sina hörselkåpor, en ljusblå och en rosa.
- Lägg dem nu så ni lätt hittar dem när det börjar susa om orgeln.
På eftermiddagen började det susa och alla mössen drog snabbt på sig sina hörselskydd utom pappa mus som började spring runt för att leta efter sina.
- Uppe på vinden. Skrek hans fru åt honom.
Han skuttade iväg och var snart tillbaka med dem på sitt huvud.
Det visade sig vara falskt alarm. Det var bara vaktmästaren som testade att elen fungerade så att han inte skulle behöva anlita klockaren att trampa orgeln på söndag.
Nästa dag åt mössen frukost, men idag var det inte de där goda vita kakorna, utan mor i huset hade varit nere i kyrkan och hämtat en stor kanelbulle.
- Det var flera påsar, men jag tog bara en och jag bet inte

sönder påsen utan öppnade försiktigt så ingen skulle märka det.

De hade precis satt i sig hela bullen när de hörde nyckeln sättas i låset. Ja den antika nyckeln var så stor att många fick använda bägge händerna för att orka låsa upp. Snart var det fullt med folk inne i kyrkan. Mor mus kommenderade hörselkåporna på. Hela den lilla musfamiljen hölls så långt in i orgeln som det var möjligt. Den lilla muspojken var nyfiken och ville ha reda på vad som hände nere i kyrkan. Han hade hittat en liten öppning, tidigare under hösten, som han kunde pressa sig igenom längs ena yttersidan av orgeln. Denna öppning ledde ner under golvet på läktaren. Där kan han krypa fram mot framkanten på läktaren. Brädorna i framkanten hade torkat så det blev en springa mellan dem på ett ställe. Det var en fin utkikspunkt för en liten mus. Han satt där under hela högmässan med nattvard och spanade. Som postludium var det såklart Otto Ohlsons "Advent" som sjöngs. Kantorn brakade på med alla stämmor på orgeln. Den lilla musgossen hoppade förskräckt till och gled ut genom hålet. Han fick tag med framtassen om ett spikhuvud som stack ut en bit. Där hängde han och dinglade och kunde inte ta sig upp. Det var ingen idé att ropa på hjälp, för det var ingen som skulle höra. Han tittade försiktigt ner. Under honom satt det fullt med människor som lyssnade till kören och orgeln. Till slut orkade han inte hålla sig kvar utan tappade taget. Han föll och föll. Musen tänkte att nu var det slut med honom men han landade mjukt. Det var som han hamnat mellan två mjuka kuddar och slank ner mellan dem. I detsamma tystnade orgeln. Men nerifrån näst sista bänken hördes ett tjut som hade överträffat orgeln med flera decibel. Musen kravlade sig förskräckt upp mellan kuddarna och flydde. Det var nämligen i dekolletaget till den mest högbystade damen i kyrkan han hade hamnat.

- Det trillade ner något på mig, skrek hon förskräckt. Jag såg att det var något som sprang iväg.

Vaktmästaren kom fram till henne och försökte trösta henne. När stämningen hade lugnat ner sig och ingen såg något farlig bjöd prästen och diakonen alla på kaffe och kanelbullar.

Den lilla musgossen lyckades ta sig upp läktaren utan att bli sedd. Han visste dock att det skulle göra ont i öronen på honom för att han varit olydig.

Den vita rockens makt.

av: Sten Axelson

- Snälla doktorn hjälp mig, jag kan inte få upp dörren.

Den lilla rynkiga damen stod och drog i den tunga
ytterdörren utan att lyckas få upp den. Hon var säkert
mellan åttio och nittio år och var liten tunn och mager. Hon
hade en liten brun filthatt med en konstgjord svart blomma
på huvudet och klädd i en tunn brun kappa. Hon hade inte
knäppt kappan ordentligen så den flaxade runt henne i den
skarpa blåsten. Hon såg ut som om hon frös. Själv gjorde
jag det också, eftersom jag bara var klädd i min vita rock
med en tunn skjorta under. Jag var bara ute ett kort ärende
och hade inte tänkt mig vara ute i mer än några sekunder.
Jag hade precis varit på väg att sätta mig i min bil när
damen ropade på mig.
Inte heller jag fick upp dörren när jag drog i den, men när
jag i stället tryckte på den öppnade den sig snällt inåt.

- Men vad konstigt öppnas den inåt i dag, det brukar
  den inte göra sa den lilla damen.

- Nä nä, svarade jag, det kanske är olika, olika dagar.

- Ja så är det säkert, jag har väl bara inte tänkt på det
  förut. Säg doktorn skulle inte kunna tänka sig att
  hjälpa mig uppför trapporna. Jag bor på andra våning
  och jag blir så trött av dem.

- Jodå det skall jag visst göra, sa jag. Och så tog jag den lilla damen under armen och långsamt gick vi upp till andra våning.

- Det var förfärligt snällt av honom, men nu måste han komma in på en kopp kaffe.

- Nej se det går inte, jag är på väg tillbaka till mitt arbete och har bara varit ute ett kort ärende. Det är mycket att göra i dag så jag kan absolut inte stanna.

Den lilla damen tog ett stadigt tag i min arm och jag blev förvånad över hur stark hon var i nyporna.

- Men jag måste få tala lite med honom, sa hon. Det tar inte mer än några minuter.

Samtidigt hade hon öppnat dörren som tydligen varit olåst och med det stadiga taget i min arm föste hon in mig i sin lägenhet.

- Han skall sätta sig där, sa hon och pekade på en pinnstol.

Själv satte hon sig i en likadan mittemot med bara några decimeters lucka och sedan började hon berätta om olika symptom på alla de sjukdomar som hon var säker på att hon hade. När jag försökte avbryta henne för att försöka säga att jag måste gå, så nöp hon mig i armen och höjde rösten ännu mer. Efter en monolog som tog mer än tio minuter, slutade hon och spände ögonen i mig.

- Så vad säger doktorn, har han inte någon bra medicin som kan hjälpa. När jag varit på vårdcentralen gav de mig bara ett par Alvedon och sa att jag skall ta det lugnt.

- Faktiskt så har jag några tabletter med mig, som nog skulle kunna hjälpa, men de är väldigt starka, så man får absolut inte ta mer än en åt gången. Tabletten skall tas tillsammans med lite mat, gärna på kvällen. Och man får absolut inte blanda den med alkohol.

- Men jag brukar ju ta ett litet glas sherry innan jag går och lägger mig.

- Absolut förbjudet, men hon får bara tre tabletter så frun får försöka leva utan sherryn några dagar. Jag är ganska säker på att det här kommer att vara till hjälp för era krämpor.

Jag tog fram en medicinburk som jag händelsevis råkade ha i fickan och skakade fram tre vita piller som jag räckte över till damen.

- Det var rysligt snällt av doktorn, hur mycket blir jag skyldig nu då?

- Nej det kostar inget. Det här besöket är ju så att säga utanför tjänsten. Men nu måste jag gå.

- Ja tack så mycket då snälle doktorn och Gud välsigne honom. Ja adjö då.

- Adjö, svarade jag och smet snabbt iväg innan hon hann ändra sig.

Efter en kort biltur var jag tillbaka på mitt arbete, där chefen menande står och tittar på klockan.

- Du skulle ju bara vara borta några minuter för att köp lite Alvedon, sa han. Det har varit mycket folk här och du hade behövts då.

Jag försökte snabbt förklara vad som gjort att jag blev försenad, men chefen var inte imponerad.

- Du skall veta att här på Skoglunds Charkuteri är vi noga med att kunderna inte får vänta. Vi måste ha våra expediter på plats, så låt det inte bli någon vana att hjälpa gamla damer uppför trapporna, i alla fall inte på arbetstid.

En efterlängtad återkomst.

Av: Marianne Andersson

Jag noterar att de har anlänt i vår igen. Precis som förra våren och året dessförinnan har de slagit sig ner på en åker i närheten där jag bor. Jag iakttar dem varje dag och fascineras av detta ståtliga par, som går omkring och pickar efter mat. Dessa två som hör samman i nöd och lust.
Han behöver inte påminna henne om att han är trött efter den långa färden. Hon märker att spänsten i stegen inte är som vanligt. Att de blivit till åren komna känner även hon. Nu får de vila och äta upp sig ett par dagar innan resans fortsättning över Östersjön.
De lämnade boet för några dagar sedan i södra Europa, där de tillbringat vintern för att ge sig iväg norrut tillsammans med släkt och vänner.
Fastän hon ser en tilltagande trötthet hos honom hoppas hon ändå att de ska kunna genomföra resan norrut och den stora dansfesten. Det är hennes främsta önskan. Hon skulle aldrig överge honom. Aldrig någonsin. Det har de lovat varandra. En stor familj har de också byggt upp tillsammans. Färden mot norr tar sin början och han får en euforisk känsla när vingarna lyfter honom mot skyn ännu en gång. Hon vänder sig om och blir lycklig då hon ser hans mäktiga vingslag.
Landningen vid sjön går problemfritt och efter mat och vila kommer så den efterlängtade festen igång. Den årliga höjdpunkten. Både hon och han sjunger och dansar tillsammans med tusentals andra i flera dagar. Allt är glädje.

Eftersom han känt sig mera kraftlös de sista tre åren, har de tillsammans beslutat att inte
följa med till Norrlands myrmarker, dit många av de andra färdas för att bosätta sig över sommaren. Nej de föredrar att inte resa så långt. Åldern tar ut sin rätt.
Varje år i början av mars månad får vi se och höra dessa stora V-formade flyttlass av tranor i skyn. De är så välkomna. Västergötlands fantastiska landskapsfågel. Ett härligt vår-och sommartecken.

Jag undrar om de båda, som stolt spatserar på åkern i närheten av mitt hem är det gamla paret från berättelsen? Vem vet. Jag hoppas de kommer tillbaka, och att jag får se dem flera år framöver.

Ondskan Av: Eva Davidsson Larsson

Ondskans spjutspets genomborrar solar plexus

tränger in i hjärtats kammare

får flödet att sippra ut i mina porer

stängs inne, spränger artärer, blir till kratrar

jordens dragningskraft påverkar lavaflödet

underlaget sviktar för att helt ge vika

famlar, ramlar

spretiga fingrar blir till hand som söker

drar i spjutspetsudd

blodvarm, hal

porerna stänger sina öppna fönster

drar för gardinerna

längtar rofylld natt

Det ska inte regna i Italien   Av: Inger Gustavsson

Det har redan gått fem dagar. Fem dagar med ihållande
regn. På bordet står datorn uppfälld, väntande. Det enda
fönstret i den lilla lägenheten vetter åt gatan. Från min
utsiktspost på tredje våningen ser jag fotgängarnas dans
runt vattenpölarna. En del nöjer sig med att hålla jackan
över huvudet, någon offrar sin portfölj som regnskydd. En
kille knölar ner resterna av La Gazetta i en papperskorg.
Den sladdriga papperstidningen klarade inte av
många minuter. De flesta har spänt upp paraplyer som
svävar och guppar nedanför mig som runda, färgglada
jollar på ett grått hav.
Jag vänder mig in mot rummet i den lilla
andrahandslägenheten jag lånar av en kompis till en
kompis. Sveper bomullsschalen om mig. Tillsammans med
den tunna sidenkoftan är det mina varmaste plagg i
packningen. Det ska inte vara kallt i Italien!
Damen i brödbutiken säger att regnvädret är "molto raro",
och skojar om att det följt med mig hela vägen från
Sverige.
På grund av regnet har jag inte gjort några längre utflykter i
kvarteren. Bara korta ruscher till närbutiken och bageriet.
Inte var det detta jag föreställde mig när jag satt hemma
och drömde om en skrivarresa på egen hand. Visst,
lugn och ro saknas inte. Men ensamheten gör mig rastlös.
Trött på mina dystra tankar börjar jag snoka igenom min
hyresvärds tillhörigheter i hallgarderoben. Finns där något
jag kan använda som ytterplagg över mina tunna
sommarkläder? Högt upp på en hylla hittar jag

till slut ett paraply. Det är instoppat i ett urblekt nylonfodral som varit rött en gång. När jag drar av det spricker det sköra tyget i sömmen. De jämna vecken glider motvilligt isär och bildar ett randmönster i det uppspända tyget. Jag bestämmer mig för att ge det en chans.

Ute på gatan är det liv och rörelse. Jag faller in i takten och njuter av skyddet från min nyfunna klenod. Till vänster om mig har jag floden som rinner genom staden. På andra sidan vattnet tycks de höga, smala bostadshusen målade i olika pastellfärger, sväva i allt det grå.

Det lyser lockande från butiksfönstren jag passerar. Fundersamt drar jag i min tröja. Den borde allt få en liten italiensk kompis. Jag stegar in genom dörren till en av de mindre butikerna som skyltar med både varma tröjor och ytterplagg. Expediten är hjälpsam och där finns mycket att prova. När jag väl kommer därifrån har det hunnit bli mörkt. Mina gamla kläder ligger prydligt hopvikta och nerpackade i en kasse och jag känner mig varm och snygg i nya byxor och tröja. En regnkappa fullbordar det hela. Belåten med mina inköp är jag på väg att fälla upp paraplyet igen, men ångrar mig och stoppar ner det bredvid kläderna i kassen.

Tillbaka i lägenheten vill jag spänna upp det på tork, men hittar jag det inte. I påsen från butiken ligger bara mina jeans och tröjan jag hade på mig när jag gick ut. Hur jag än letar är det spårlöst borta. När jag pratar med min hyresvärd och vill ersätta förlusten, blir hon förvånad.

- Jag trodde att jag tömde den skrubben på allt innehåll när jag målade om där för flera år sedan. Något sådant paraply har jag aldrig ägt.

Nu får det räcka – för idag!   Av: Kirsten Hagen

Knack-knack på dörren. Jenny öppnade försiktigt. Tre små flickor i sju-åttaårsåldern stod på trappan. De hade långa peruker i svart-röd färg men såg gulliga ut ändå. Den ena med en korg i handen. "Bus eller godis?" "Godis", svarade Jenny och log mot tjejerna, "Ett ögonblick." Hon gick in i köket och hämtade tre kexchoklader och gav dem. Hon hade vunnit stjärnvinsten på Liseberg för ett par månader sedan och den kartongen innehöll ett trettiotal kexchoklad så hon hade ett helt lager att ta av. Flickorna tackade och la chokladen i korgen. Jenny gick in i vardagsrummet och slog på Tv'n. I Go'kväll programmet var det tema Halloween och hur amerikaniserade vi hade blivit i Sverige.

Hon hade just satt sig till rätta i Tv-soffan då det knackade på dörren igen. Kraftigare denna gång. Hon reste sig och gick mot dörren. Utanför stod två gängliga ynglingar med masker framför ansiktena och spindelnät-liknande mönster runt om på svarta, långa rockar. Hon backade reflexmässigt tillbaka, men skärpte sig när de med grov basröst undrade: "Bus eller godis?" "Godis!" Jenny skyndade sig in i köket och hämtade två kexchoklader igen, stängde dörren snabbt och gick åter och satte sig i soffan.

Det var en svensk författare med i programmet. Han hade precis kommit ut med en ny bok som handlade om våra amerikanska influenser. Jenny lyssnade koncentrerat. Författaren hade forskat i ämnet och kommit fram till att nästan allt i vårt land hade sitt ursprung i Amerika. Han hade svårt att komma på något som inte var det. Musik, mat, mode, uppfinningar, livsstil, språket.

Musiken: T.ex.femtiotalets rock and roll med Elvis o co, som i sin tur hade sitt upphov från den afroamerikanska kulturen i USA på nittonhundratalet och jazzen som hade sitt ursprung från USA´s sydstater redan på artonhundratalet. Jeansen – vad vore livet utan dem! Alla Westernfilmer, McDonalds och andra snabbmatskedjor, samt bilen med Henry Ford i spetsen som la grunden till framtidens motoriserade värld.

Livsstil? Där har vi sannerligen haft en amerikanisering genom alla Tv-serier under årens lopp, som Dallas och liknande program. Jane Fondas gympa på Tv gav upphov till senare "knip-program" med svenska Susanne Lanefelt. Och Coca-Cola´n hade kommit för att stanna. Den amerikanska tecknaren Thomas Nast skapade den figur som senare blev jultomten Santa Claus i USA, något som i sin tur gav inspiration till Coca-Colas jultomte. (Betyder det att jultomten inte kommer från Rovaniemi i Finland i alla fall?)

Vårt språk är verkligen amerikaniserat. Det mediala utbudet vi har styrs av efterfrågan och då vi till största delen vill ha den typ av underhållning USA säljer till oss, får vi också med oss det amerikanska språket per automatik, då språket är ett instrument för vår kommunikation.

Jenny satt klistrad och lyssnade på författarens berättande om vårt amerikanska härmande och hon insåg att detta stämde mer än hon tidigare hade tänkt på. Han menade också att vi hade för svaga egna traditioner i Sverige och att ett stort och starkt land som USA därför lätt kunde få inflytande över oss.

Nu knackade det intensivt på dörren igen! Jenny nära på hoppade högt av förskräckelse. Hon tassade fram till dörren och kikade försiktigt ut genom dörrögat. Där stod tre stora personer utklädda i vita lakan med höga strutar på huvudena och en massa annan utstyrsel som yxa genom huvudet (ja inte på riktigt begrep hon, men ändå), och låtsasblod på lakanen. Rena Ku-Klux-Klan! Det var ju också en amerikansk företeelse for det genom Jennys huvud.

Denna gång tänkte hon inte öppna! Nej, nån måtta fick det vara. Det räckte både med Halloween och med Amerika för denna gång!

Morgontoaletten.

Av: Anders Näsström

Axel vaknade av en duns från våningen ovanför. Han tittade på väckarklockan som stod på en plåtbricka någon meter från sängen. Det var en vana han hade då han visste att påföljande morgon skulle var viktig för honom. Vad var det nu som var så viktigt. Jo det var ett nytt jobb. Det var något som han önskat sig under flera år. Det var många platsannonser som han svarat på, men ingen hade nappat. Det var en hel timme tills uret skulle skrälla och fara runt tills en sömndrucken Axel skulle krypa fram mot brickan med ett svordom på läpparna. Men det hände inte denna morgon. Han var klarvaken.
- Ingen idé att ligga kvar här, mumlade han lite surmulet. Väl ute i badrummet såg han på sin spegelbild. Håret på ända. Det fick allt bli en dusch nu då han vaknat så tidigt. Det brukar ta någon minut innan varmvattnet stigit upp genom rören till tredje våning. Ibland kunde det gå snabbare om de på fjärde våning hade vaknat och använt varmvatten. Han uträttade sina behov medan varmvattnet letade sig upp genom rören. Han såg ned på den uppfällda sittringen det såg ut som den satt lite snett. Med en knuff försökte han räta upp den, men då bestämde sig ringen för att ge tillbaka. Den föll snabbt framåt och Axel han inte flytta på sig så hans stolthet fick en nacksving. Som den kämpe han var kom det inte ett ljud från honom utan möjligen en snabb inandning halvsekunden innan han bet sig i läppen så det gick hål. Med en slagen stolthet ställde han sig i duschen och började tvåla in sig. När han kom en bit nedanför midjan

kände han att det sved ganska bra när han tvålade in sig.

Det gjorde så ont att han råkade stöta till duschtvålsflaskan med armbågen och den föll i golvet och lite tvål skvätte ut. Det kan bli ganska halt då. Helt plötsligt for vänsterfoten iväg då den omedvetet drogs mot just den fläck som den borde undvikit. Axel såg ut som en gymnast som satsade allt på en baklänges frivolt. Men innan den första fjärddelan på frivolten var klar hade golvet hårt tagit emot honom. Axel skrek till. Det gick inte att stå emot. När han kravlat sig upp i stående ställning kunde han avsluta duschen utan några fler missöden. När han torkat bort imman från spegeln kunde han beskåda sig. Nu var det dags att raka sig. Efter det att sandeltvålen från Trufitt & Hill fått stå någon minuter med en pöl varmvatten mitt i kunde rakborsten skrubba upp lite tvål. Detta vispades upp till ett lent skum i rakskålen. Sedan han applicerat ett lager i ansiktet tog han fram rakkniven. När han striglat den började han raka sig. När kniven var mitt på vänsterkinden hände det som inte fick hända. Det högg till i den mörbultade ryggen och handen gjorde ett helt naturligt ryck, men det var inte bra att den vässade kniven befann sig där den var. Det blev ett flera centimeter långt sår. Det var så stort att det inte var någon idé att leta efter det blodstillande alunstiftet utan det fick bli ett plåster. Denna morgon vågade han inte raka sig färdigt. Utan han avslutade bestyren i badrummet och gick ut i sovrummet och klädde på sig. När frukosten var intagen och smärtan i de olika kroppsdelarna hade något så när avklingat gick han ut i hallen. Slängde en blick i spegeln. Hade det inte varit sig själv han såg skulle han dragit på smilbanden. Han hade glömt kamma sig i badrumskalabaliken och ett stort plåster med Musse Pigg satt på kinden. Skäggstubben lyste mörkt runt hakan och den andra kinden. Bredvid spegeln hängde en almanacka på väggen.

- Tur att det inte var en fredag också. Då hade jag gått och lagt mig igen.

Han gick ut genom dörren och när låset smällt igen kände han i fickan om nycklarna låg där.

På parkeringen.

av: Sten Axelson

Min gamla pärla en Volvo S80 börjar bli lite till åren precis som jag och härom dagen slog hennes mätare över till trettioåttatusen mil. Hon har varit vår i snart 20 år. I dag har hon tagit mig till City Stormarknad för min rutinmässiga veckohandling. City har ju en ganska stor parkering men just i dag är den nästan full. Jag hade kollat om det fanns några platser närmast ingången, men det fanns inga, så jag tänkte, att jag får väl ställa mig längst nere vid ån. Där brukar det alltid finnas lediga platser, men de är långt att gå för mig med mina dåliga ben.

Men när jag skulle ge mig iväg är det en bil i raden närmast ingången som åker därifrån och snabbt kör jag in i den tomma rutan. Dock kommer jag in lite snett, så jag tänker att jag får väl backa ut och köra in igen. Precis när jag lagt in ettan och skall köra in igen kommer en splitter ny svart och mycket blank BMW i hög hastighet och med bara några millimeter till godo tränger den sig före och in i rutan. Ur kliver ett ungt par, en kille på högst tjugo med tjockt hår blänkande av pomada och en mycket söt några år yngre tjej, klädd i en väst av något som ser ut som minkpäls, sommarvärmen till trots.

Jag vevar ner rutan och säger, förmodligen något irriterat:

- Såg du inte att jag höll på att köra in på just den där platsen?

- Jag kan väl inte veta vad du håller på med, platsen var ju ledig eftersom jag kom in i den och du får väl vara lite snabbare. Det gäller att vara först framme.

- Du borde ha lite respekt för en äldre man, säger jag. Jag har mycket större behov än du av en plats nära ingången.

- Gamla pensionärer har all tid i världen, så du hinner säkert gå nerifrån ån. Dessutom har vi bråttom och hinner inte stå här och tjafsa med dig.

- Stick och dö gubbjävel, fyller den söta flickan på med innan de båda lämnar mig hand i hand.

Jag har inte mycket annat än göra än att åka ner till ån, där det finns gott om plats. Med en del besvär tricksar jag ut min rullator ur bakluckan och med hjälp av den hastar jag in i affären. Jag har en lång lista på vad jag skall handla, men jag struntar i den och går och köper ett kilo satsumas. Jag försöker se till att jag får lite olika storlekar och sedan går jag ut igen.

Rullatorn och jag tar oss fram till den svarta BMW:n och jag tittar mig noga omkring för att se om någon observerar vad jag håller på med men inte en människa syns till. Efter att jag uträttat det jag planerat, som för övrigt inte tog mer än några sekunder, går jag och sätter mig för att vänta på en soffa ett trettiotal meter därifrån.

Jag behöver inte vänta så länge innan det unga paret kommer ut med en liten påse som de slänger in i kofferten innan de sätter sig i bilen för att ge sig av. Nu blir det spännande tänker jag, hur skall detta gå? BMW:n backar halvvägs ut ur rutan, men så stannar den och jag kan höra att de försöker starta om bilen gång på gång. Något hostande då och då blir det men motorn startar inte. Det är ju mycket trafik här runt ingången så snart står det flera bilar och väntar och minsann är det inte en som lägger sig på signalhornet där också. Jag ler och tänker, bra nu kan jag vara nöjd. Sedan går jag in i affären igen och den här gången plockar jag fram min lista och börjar handla.

När jag en dryg halvtimma senare lämnar affären, är jag lite spänd på hur det kan ha gått för de unga tu. De har ny skjutit in bilen i parkeringsrutan igen och med motorhuven uppfälld står inte mindre än tre hårt pomaderade ynglingar och knuffas för att kunna kika in under motorhuven. De verkar inte vara några större experter för det enda de gör är att rycka lite i kablar och kivas sins emellan.
Med mina varor och min rullator lallar jag ner till min gamla Volvo vid ån. När jag lastat allt och är på väg ut från parkeringar möts jag av en bärgare från Assistanskåren. Synd tänker jag de där killarna är duktiga, så de kommer säkert att se att någon proppat igen avgasrören med satsumas.

Iakttagelser och funderingar ur mitt perspektiv.

Av: Marianne Andersson

Vi stöter på varandra nästan varje morgon i trappuppgången. Jag säger hej, men får endast en nick tillbaka. Han flyttade in på första våning i lägenheten under mig för ett par månader sedan. En lång man i 50 - årsåldern. Mörkt, bakåtkammat hår. Ofta iklädd skjorta och kavaj. Går med snabba steg och rak rygg. Är nog kontorsanställd. Vad vet jag? Kanske chef? Nej då skulle han inte bo i en liten tvåa i hyreshus. Han verkar ensam på något sätt med stor integritet. Tittar ofta ner då vi möts. Jag tänker inte tränga mig på men en liten ordväxling då och då skulle vara trevligt. Att han spelar piano hör jag vissa kvällar och att det låter vackert kommenterar jag vid ett tillfälle. Han undrar då om han stör?
I fönstret ut mot gatan är alltid de mörkblå gardinerna fördragna. Natt som dag. Ingen lampa eller blomma finns. Det har blivit en vana att jag tittar däråt när jag går förbi och tänker för mig själv att det är märkligt att han inte vill ha dagsljus. Jag talar med en annan granne, som också lagt märke till detta . - Han vill väl ha det så, och vi ska inte bry oss ,säger hon. Men enligt min åsikt är det lite egendomligt ändå.

Jag är nästan säker på att han är ungkarl. Ger ett tillbakadraget intryck. Har inte mycket besök eller fester och det är jag glad för i och för sig, då det är lyhört i huset. Men så en dag för två veckor sedan ser jag se en kvinna komma ut från lägenheten.

Hon bär en mörk åtsittande kappa, svarta stövlar och en gråblå hatt på det långa rödfärgade håret. En elegant dam.
- En kvinna han träffar iallafall, tänker jag.
Morgonen därpå ser jag honom promenera iväg med samma spänst i stegen som vanligt. Iklädd kavaj och byxor. En attachéväska i ena handen. På väg till arbetet ntagligen. Jag tänker:
- Nu kanske fönstret öppnas upp, när en kvinna kommit in i lägenheten. Kanhända stöter vi på varann vad det lider.

Han brukar komma hem vid 17.00-tiden. Pianomusik hörs då ett par timmar. För övrigt är det tyst. Ingen konversation. Från de förra hyresgästerna hördes tydliga diskussioner då och då. Senare på kvällen noterar jag samma kvinna gå ut ensam. Lika uppklädd. - Ingen billig garderob konstaterar jag. Hon rör sig smidigt med svikt i stegen trots högklackade stövlar. Detta upprepar sig flera kvällar. Hon visar sig aldrig på dagen. Vem är hon? Vad jobbar hon med? Kanske något nattarbete så hon behöver sova. Det är inte så konstigt i och för sig, men någon gång borde hon gå ut dagtid också. Låser han in henne i lägenheten när han jobbar eller inte är hemma? Nej, då hade hon väl ropat på hjälp. Har hon ingen nyckel? Gömmer hon sig för någon? Det märkligaste av allt är att de aldrig ses tillsammans. Varför tar de inte en gemensam promenad? De visar sig alltid var för sig. Han på dagen, hon på kvällen. Hon kanske är hans syster då det är något bekant över hennes sätt att röra sig. Undrar vem denne mystiske man är och vad som döljer sig bakom de fördragna gardinerna i lägenheten under min? En dag kanske jag får veta

Det verkliga mötet.   Av: Eva Davidsson Larsson

I början när vi möttes på den trånga stigen, lät vi inte våra blickar mötas. Var och en tittade blygt ner i marken och då vi kom mittemot varandra, var vi noga med att inte stöta ihop. Efter en tid började vi sakteliga höja våra huvuden så att våra ögon möttes, snabbt, bara för ett ögonblick. Ibland undrade jag över varifrån du kom och vart du var på väg. Hade du gått den snåriga vägen där vildrosornas taggar hade trängt under din hud, eller hade du kommit genom de mjuka sanddynorna som kantade havet?

Jag visste att vi skulle komma att mötas flera gånger i framtiden och jag började att bli alltmer nyfiken. En dag när vi möttes log jag lite blygt mot dig. I samma ögonblick såg jag att du hade ett rivsår på din ena kind. Hade du ändå gått genom rosensnåret, undrade jag? Jag tittade snabbt bort, ville ju inte verka för angelägen över att få veta.

Nästa dag vi möttes vågade jag inte möta din blick, kanske var jag rädd för vad jag skulle kunna få se. Mina tankar for iväg och fantasin skenade. Tänk om hela ditt ansikte varit fullt av rivsår och jag inte ens hade vågat titta upp? Rädd för…ja, vadå? Krampen tog ett tag om mitt inre. Tänk om du en dag väljer en annan väg och jag aldrig får reda på varifrån du egentligen kom? Nästa dag bestämde jag mig. När vi möttes skulle jag tidigt lyfta mitt huvud och förhoppningsvis möta din blick. Jag hade till och med tänkt försöka mig på att hälsa på dig.

Jag såg dig komma gående på långt håll. När vi bara var ett par meter ifrån varandra tog jag mod till mig. Hjärtat slog snabbt. Skulle jag våga? Tänk om du tyckte att jag verkade för påflugen?

- Hej, sa jag snabbt och försökte mig på ett leende.

Du tittade på mig med ett par sorgsna ögon.

- Hej, sa du svagt.

Vi passerade varandra försiktigt så att vi inte skulle stöta ihop. När jag bara hade gått ett par steg hörde jag att du ropade.

- Kan du hjälpa mig att hitta den rätta vägen?

Hade jag hört rätt? Jag vände mig om och såg att du grät. Några steg närmare dig såg jag att dina kinder var alldeles sönderrivna.

- Den rätta vägen, hörde jag mig själv säga.

-Hur ska jag kunna veta vilken väg som är den rätta för dig? Jag vet ju inte ens om jag valt den rätta vägen själv.

Då log du mot mig och det verkade som om dina rivsår börjat blekna.

Så konstigt det kändes. Där stod vi mittemot varandra, två egentligen helt främmande människor som setts varje dag men som aldrig vågat ta kontakt.

Två lite vilsna människor men som aldrig vågat visa sin vilsenhet kanske för att inte verka svaga.

- Jag har sett dina rivsår, men aldrig vågat fråga hur du fått dem, hörde jag mig säga.

- Och jag har sett din sökande blick men aldrig vågat ta kontakt, sa den andra.

- Jag har alltid trott att jag gått den rätta vägen och aldrig vågat vända om, sa jag.

- Likadant för mig, sa den andra.

Men nu är det tid att tänka om. Även om man inte går åt samma håll, kan man ändå ha hittat den väg som känts rätt för en själv. Och ingen kan säga att den ena vägen är bättre än den andra. Den rätta vägen måste vara den väg som man kommer ifrån och dit man är på väg. Bara man tänker på att för varje människa finns det en speciell väg som den kommit ifrån.

Vi konstaterade att vi länge, länge på var sitt håll önskat att vi skulle våga ta kontakt och tränga in under varandras skal, men ingen av oss hade vågat. Är det så med oss människor, att vi ibland är så vana att bara gå vår egen väg att vi inte vågar gå någon annans?

Vi bestämde oss för en sak när vi försiktigt torkat bort det våta flöde som kallas tårar. Vi skulle bara för en dag byta väg med varandra för att se vad detta innebar. Bara för en enda dag för att få en mer klar och vidsynt bild av en annan människas väg. Kanske för att få en större förståelse för hur den andra människans rivsår uppkommit.

En sak lärde vi oss båda efter detta byte. Alla rivsår kan blekna om man bara vågar möta en annan människas blick.

Bomber eller bullar?

Av: Inger Gustavsson

- Men Gunnar, du är väl ingen terrorist heller! Min fru låter bekymrad och lite orolig.

- Det är klart jag inte är. Men är det rätt och riktigt att de där ungarna ska få hålla på som de gör? Någon måste sätta stopp för det en gång för alla.

- Och det måste vara du?

- Nä, jag är inte ensam. Nisse och Börje ska också hänga med.

Exakt vad det är som ska göras behöver hon inte veta. Jag känner mig allt lite orolig själv och det är klokt om hon inte är alltför insatt.

Jag tar på mig jackan och går iväg i höstkvällen. Ett par långa och djupa andetag lugnar ner pulsen, men krampen i magtrakten vill inte släppa.

Börje är först på plats. Han står i skuggan under den stora eken med en påse i handen. Nu väntar vi tyst på Nisse. Ingen av oss har någon lust att prata, och jag ser att han svettas lite trots kvällskylan. Min mobil plingar till. Det är Nisse. Han blir lite sen. Måste skjutsa ett barnbarn till träningen, men kommer så snart han kan.

- Tusan också, då kan de ju ha hunnit härifrån! Vi får ur oss en del av spänningen i vår gemensamma frustration över Nisse.

Men när Nisse en kvart senare dyker upp är de fortfarande kvar. Sju stycken epa-traktorer av skilda slag. Det gemensamma är den röda triangeln i aktern. Ur bilarna hörs hög musik och ungdomarna rör sig i och ur sina fordon medan de stojar och skränar så det ekar över torget.

Folk som bor i husen runtomkring, har i flera månader ringt polis och störningsjour. Man har försökt prata grabbarna till rätta, men ingenting har hjälpt. Snarare har läget förvärrats. Ju mer motstånd, desto högre musik och skrän.

Så, ikväll ska vi vuxna män visa för dem var skåpet ska stå. De ska en gång för alla få lära sig vilka de har att göra med.

Under några lördagseftermiddagar har vi träffats hemma hos Börje som är ungkarl. Där har vi hjälpts åt med att bygga ihop en sorts fyrverkeripjäs. Det var lätt att hitta instruktioner på nätet och med gamla kemikunskaper från skoltiden, lyckades vi rätt bra. Visserligen har vi inte kunnat testa vårt arrangemang, men vi hoppas att det ska fungera. I värsta fall händer ingenting. I bästa fall blir det en liten smäll som är tillräckligt skrämmande för att de ska ge sig av.

Medan vi står där och fumlar med tändanordningarna lösgör sig en av killarna från klungan och kommer med raska steg rakt emot oss.

- Morfar, vad gör du här? Kul att se dig! Hur är det med mormor? Måste snart komma förbi och säga hej. Men du vet, gymnasiet är slitsamt.

Jag får en rejäl kram och stammar fram något om att vi gått ut en sväng och stannat till för att lyssna på musiken de spelar.

- Visst är den bra, morfar? Lite dansband och rockabilly som du väl känner igen från din ungdom kan jag tro. Wille ler brett.

- Ja, jovisst gör jag det. Jag harklar mig. Fast vi spelade inomhus förstås.

- Och i era raggarbilar, flinar han, det har du ju berättat för mig.

Minnesbilder från det glada 60-talet flimrar förbi.

- Visst, i våra bilar, det var tider det. Jag flinar mot mina kumpaner som nickar instämmande.

-Visst hade vi kul! Men du, Wille, vi lite lomhörda gubbar har ju inte ont av er musik. Det är värre med mormor. Hon har inte sovit bra på flera veckor. Ja, du vet hon kan var lite känslig ibland. Inte en kanelbulle har det blivit på länge. Hon säger att hon inte orkar någonting på dagarna för att hon sover så dåligt.

- Inga problem morfar, jag fixar så vi dämpar ljudet. Förresten kan vi dra iväg till marknadsplatsen i stället.

Ville går tillbaka till sina kompisar och inom kort har de allihop åkt därifrån.

Kvar står vi gubbar med vår sprängfyllda ICA-kasse. Min magkramp är som bortblåst och jag ser hur de andra två slappnar av.

- Raggartiden, va. Har du berättat om det för grabben?

Börje ger mig en klapp på axeln. Nej, hör ni, det är väl lika bra att vi drar oss hemåt då.

Man kan väl ändå säga att uppdraget är fullföljt även om vi slapp ta till sprängmedel. Men jag behåller det ändå ett tag ifall de skulle få för sig att komma tillbaka.

- Strunt i det du, svarar jag, det kan vara så att hembakta kanelbullar har bättre inverkan på de där snorungarna, än vår dynamit.

Ett annorlunda jobb.

Av: Kirsten Hagen

Miriam tog en sista titt i spegeln innan hon tog sin lilla kuvertväska i handen och låste ytterdörren. Hon kände knappt igen sig, men var nöjd med det hon såg. Hon hade en röd, elegant långklänning med snygga broderier runt halsen och under brösten. Den var ärmlös med band i sammet som höll den uppe och som satt som ett kors i ryggen. Hennes för kvällen tonade hår i djupt rött var uppsatt lite slarvigt så vissa lockar hängde ner på sidorna. Hon hade ett sött ansikte som var omsorgsfullt, men inte för mycket sminkat. Limousinen stod redan utanför hennes port där hon bodde centralt i staden. Chauffören öppnade dörren till baksätet där Filip von Kruse redan satt med två glas champagne i handen och väntade på henne. Han räckte henne det ena glaset samtidigt som han höjde sitt till en skål. Hon skålade tillbaka och log lite. Filip von Kruse var en ståtlig herre på drygt femtio, själv var hon nyss trettiotre fyllda, men matchade lätt lite äldre män, det sociala spelet kunde hon. Denna afton skulle tillbringas på en större herrgård strax utanför staden där gräddan av landets höjdare var inbjudna. Det var slottsherrar, som Filip von Kruse, högt uppsatta politiker, ambassadörer och även några kända artister och musiker. Miriam hade fått en lista på vilka som skulle närvara, inklusive deras titlar och hon kände igen flera på listan.

Röda mattan var utlagd när de anlände till herrgården och vakter i medaljprydda rockar stod i givakt vid porten när de skred in. Direkt efter att de kom in i den magnifika hallen blev de visade in till vänster för fotografering. Därefter skulle alla samlas för mingel en trappa upp. Filip von

Kruse höll Miriam i ett fast grepp under armen och såg nöjd och belåten ut. Miriam nickade vänligt till skaran av människor runt om. Männen utbytte fraser om jobb, företag och investeringar av olika slag medan kvinnorna försökte se intresserade ut. Alla smuttande på ett glas champagne.

Snart var det dags för sittning och intag av den välsmakande tre-rätters menyn med därtill utsökta viner. I bakgrunden uppträdde en kör som framförde behagliga musikstycken passande till kvällens program.

Miriam hade Filip von Kruse på sin vänstra sida och på den högra satt en politiker som hon lätt kände igen från media. Mitt emot honom satt tydligen hans fru som verkade lite överförfriskad, så också de andra kvinnorna som Miriam sneglade på. Konversationen flöt på och klubben för inbördes beundran hade nu snart avverkat sina standarformuleringar, samt beundrat Miriams eleganta klänning. Filip von Kruse satt mäktigt stolt, och snart skulle han också hålla ett tal till kvällens eminenta gäster. Då plötsligt vände den lätt överförfriskade politikerhustrun sig till Miriam och frågade: "Så, vad arbetar du med, lilla vän"? Miriam, som aldrig hade fått den frågan vid tidigare liknande evenemang hörde nu sig själv säga: "Jag är eskortflicka". Politikerhustrun och de andra kvinnorna i närheten stirrade alla förfärade på henne, männens uttryck var lite svårare att tyda. Filip von Kruses tal blev inte av, vid bordet blev det pinsamt tyst fram till kvällens toastmaster talade om att nu blev det dans i balsalen. Alla runt Miriam reste sig snabbt. Då märkte hon att den kände politikern stack sitt visitkort diskret i hennes hand, samtidigt som han viskade: "Hör av dig i veckan, jag har jobb på gång till dig".

Dagen efter fick Miriam en nätt summa insatt på sitt konto av Filip von Kruse och snart kunde hon påbörja sina framtida studier utan ett enda öre i studieskulder. Hon hade kommit in på juridikprogrammet på högskolan till hösten och såg fram emot det. Om hon skulle höra av sig till den kända politikern ville hon fundera lite på.

Valdemar. Av: Anders Näsström

Valdemar var inne på ICA-affären för första gången på flera decennier. Han kände sig lite vilsen. Han hade inte behövt bekymra sig för den dagliga spisen. Hans fru Olga hade ordnat alla dessa saker för honom. Nu var det så att Olga hade blivit sjuk och lagts in på lasarettet. Hon skulle bli liggande där några veckor. Så Valdemar var tvungen att besöka sådana inrättningar som snabbköp. Han var förvånad över alla nya förpackningar och märken som fanns. Han behövde tvättmedel för hans rena klädförråd minskade oroväckande fort. Nu hade han listat ut var tvättmedlen fanns. Hemma hade han inte sett något paket med Surf eller Lux de där bekanta paketen han kände igen från sin barndom. Han kände igen en plastflaska som han sett hemma i tvättrummet. Han tog ned den och började läsa på etiketten. Jo det var tvättmedel, man varför bära hem massa vatten. Det var bättre förr då var det ju rent pulver man bar hem, tänkte han för sig själv.

Nu var det ju inte enbart tvättmedel han behövde. Han hade skrivit ihop en inköpslista. Han hade fått leta i alla skåp i köket för att få överblick över alla förpackningar. Han beslöt sig för att bara köpa det absolut nödvändigaste i början. Det blev lite mjölk, smör och ägg från mejeriavdelningen. Bröd hittade han i en massa plastpåsar. I sin ungdom hade hans mamma ofta skickat ned honom till bageriet i nästa kvarter för att köpa en limpa. Här fanns ju inte de goda dofterna som fanns då. Han tog ett bröd som han tyckte sig känna igen. Sedan fick det bli lite falukorv och potatis. Efter några dagar hade Valdemar tröttnat på dieten. I sin ungdom hade de ju haft skolkök drog han sig till minnes. Fick vi inte en kokbok då, mumlade han för sig själv då han satt ensam vid köksbordet. Valdemar gjorde slag i saken. Hämtade stegen och klättrade försiktigt upp på vinden. I en papplåda där uppe hittade han sin skatt. När han skulle ta sig ned välte nästan stegen.

- Det skulle sett ut om vi båda hade legat på lasarettet, flämtade han när han kom ner.

Hans kondition var inte den bästa. Han satte sig att läsa kokboken. Det fanns blyertsanteckningar i boken så det var inte svårt att finna vad det var för rätter som de hade lagat. Valdemar kom inte ihåg att de lagat något av recepten. Han visste i alla fall hur de skulle smaka för många av rätterna var sådant som Olga brukade laga.

Valdemar bestämde sig för ett av recepten som inte såg ut att vara för svårt. Han skrev ihop en inköpslista och gick till ICA-affären. Han hade börja hitta någotsånär i affären. Han kom hem med alla varorna. Här skulle det lagas mat. Han tog fram ett vinglas och fyllde det från Bag-In-Box-en. Han tyckte det behövdes lite inspiration inför sitt som han tyckte avancerade försök. Han tyckte att det det han lagat smakade lite annorlunda än han var van vid, men det var ju bara lite salt och peppar han hade glömt att ta i. Det stod klart för honom redan vid första tuggan. Vartefter dagarna gick blev det mer och mer avancerade skapelser. Till slut tyckte han, att han skulle överraska Olga med bullar och kakor på lasarettet. Det var först den tredje satsen bullar som Valdemar bedömde skulle kunna visas upp för Olga. Sockerkakan gick faktiskt bättre, den blev godkänd redan i första försöket. Det recept han använde sig av var ett som hans mamma hade använt sig av. Valdemar hade jämt stått vid köksbordskanten och väntat på att få slicka skålen. Hans mammas rörelser och vispning hade satts sig i bakhuvudet på honom.

Valdemar hade införskaffat en termos och ett par plastburkar för att kunna ta med hemmabryggt kaffe och kaffebröd.

Valdemar packade ned allt noggrant i en dramat. Han packade även ned kaffekoppar och fat samt ett par av de fina kaffeskedarna i silver som de fått i lysningspresent.

Han tog på sig finjackan för han ville att Olga skulle se hur fin han var.

Han hade rakat sig på morgonen men han hade glömt att skvätta på sig rakvatten. Detta slog honom precis då han öppnat ytterdörren. Han såg ned på armbandsuret, det fanns tid att fixa till den stora missen. Han drog igen dörren för att inte grannens katt skulle hinna smita in. Han valde det rakvatten som han fick av Olga den sistlidna julen.

- Nä nu får jag skynda mig till bussen, mumlade han för sig själv.

Väl ute på gatan siktade han in sig mot busshållplatsen som låg i nästa kvarter. En av grannarna var ute och påtade i trädgården.

- Hej Valdemar, hur mår Olga nu?

- Jag hinner inte prata nu då missar jag bussen, jag kommer in sen, flämtade Valdemar fram.

Valdemar han fram precis till hållplatsen då bussen kom svängande runt hörnet. Valdemar såg att det var en av de kvinnliga bussförarna som brukade ta det lugnt. När han hade betalat resan sa han till henne att nu fick hon köra försiktigt för han hade finporslinet med sig. Hon log mot honom och sade att det skulle gå extra lugnt. Hon hade tidigare kört Valdemar till lasarettet och de hade pratat om Olga på färden. Valdemar satte sig på den första bänken och den kvinnliga föraren frågade hur det stod till med både honom och Olga.

- Jo tack, nu skall jag upp till Olga med kaffe och kaffebröd, hembakat, svarade han.

- Oj då, tänk om min man var så händig. Jag vet inte om han ens har en aning om var köket ligger.

- Medan Olga var frisk var jag aldrig heller ute i köket. Man får dock lära sig om man behöver.

Pratet fortsatte på detta vis ända fram till lasarettet. Valdemar tackade för skjutsen och fick gå av vid framdörren på bussen.

- Hälsa Olga att krya på sig, ropade bussföraren till honom. Han vände sig om och höjde armen till en hälsning. Dörren stängde och bussen rullade vidare.

Valdemar tog hissen upp till avdelningen där Olga låg. När han knackat på dörren in till rummet där Olga låg tillsammans med två andra damer, steg han in. Till sin förvåning såg han att Olga idag satt uppe i en rullstol.

- Va är du så bra nu så du får sitta uppe?

- Jag visste att du skulle komma så jag ville överraska dig, svarade Olga honom med den hurtigaste stämma hon orkade. I själva verket kände hon sig inte alls bra, men hon ville inte visa det för Valdemar som hon älskade mycket.

- Jag tog med lite kaffe med dopp, sa Valdemar.

De andra damerna tittade upp, de såg precis ut som om de också ville ha en kaffetår. Det tyckte dock inte Valdemar.

- Orkar du vara ute på balkongen, undrade Valdemar försiktigt medan han lade huvudet lite bedjande på sned. Olga förstod vinken.

- Ja det är ju så varmt och stilla väder, så det skulle vara skönt att få komma ut, svarade Olga.

Valdemar lossade bromsarna på rullstolen och tog sikte på dörren ut mot korridoren. Han öppnade dörren och Olga rullade själv ut i korridoren. Balkongen låg längst bort i andra änden på avdelningen varför Valdemar högg tag i handtagen på rullstolen och puttade på i bra fart mot målet. Väl ute på balkongen tog Olga ett djupt andetag.

- Va gott.

Valdemar placerade henne vid ett bord och återvände till rummet för att hämta kaffet. En av damerna på rummet hade kravlat sig upp från sängen och kikade försiktigt ned i dramaten. Hon stängde snabbt locket men Valdemar hann se vad hon gjorde. Han tog ett kraftigt tag om handtaget på väskan och tog den med sig. Väl ute på balkongen ställde han ifrån sig den, öppnade locket och började packa upp. Olga såg alltmer förvånad vartefter han plockade upp koppar och fat samt alla burkar. Valdemar slog upp rykande hett kaffe till dem båda.

Ingen av dem använde socker eller grädde varför han inte behövde ta med detta.

Valdemar räckte Olga burken med bullar.

- Va hembakat, är det Svea som bakat?

- Det har jag gjort.

Olga tog bullen och bet försiktigt. Det var inget fel på den. Det var rikligt med kanel och socker i fyllningen. Olga mumsade glatt i sig. Hon visste inte vad hon skulle tro. Likadant var det med kakorna. Olga satt och njöt. Hon kände livsandarna började komma tillbaka.

De satt nästan en timme och pratade innan Valdemar bestämde sig för att gå. Hela tiden satt Olga och funderade på ursprunget av kaffebrödet. Hon sa inget men hon var väldigt förvånad. Väl inne på rummet igen blev Olga förhörd av de andra damerna.

Olga sa att det var gott med hembakat. Hon sa att det var Valdemar som bakat även om hon inte riktigt trodde på det själv. Men hon tyckte att det var något att sätta i halsen på dem.

De såg ut som klippfiskar då de tittade på varandra. De trodde inte sina öron, de var avundsjuka för deras män gjorde aldrig något sådant. De kom inte heller på besök vad Olga hade märkt.

Dessa kaffestunder fortsatte nästan varje dag. Ständigt var det nya modeller på bullar och kakor. Olga undrade vad han gjorde med resten av baket, det brukade bli mer än fem bullar när man bakar. Valdemar förklarade att det gick ju att frysa ned brödet

- Jamen, snart är väl frysen full då.

Det kunde inte Valdemar förneka. Han hade haft funderingar på vad han skulle göra då frysen verkligen hade blivit full. Han märkte dock att Olga blev piggare och gladare för varje dag han kom med kaffet.

När det var dags att Olga skulle bli utskriven bestämde sig Valdemar att han skulle slå på stort. Han skulle bjuda på hemmagjorda tårtor. Det var mitt i jordgubbssäsongen så det skulle bli gräddtårta med bär. Nere på ICA hade han bett dem plocka ut ett antal liter fina jordgubbar åt honom. Ett par dagar hade han stått och bakat tårtbottnar. Det var lite besvärligt att få dem bra. De jäste upp mer på mitten än i kanterna så tårtorna skulle bli toppiga. Till slut hade han kommit på hur han skulle ställa in ugnsvärmen för att få ett bra resultat. Han räknade att det skulle behövas minst åtta tårtor. Han hade fått ta med sig hem brödbackar i wellpapp från ICA för att kunna transportera tårtorna på ett säkert sätt. Nästa problem som dök upp var hur man vispar grädden på bästa sätt. Hur än Valdemar försökte blev bara grädden bara grynig. I sin förtvivlan ringde han till den konditor där de brukade handla ibland. Konditorn flinade till lite då Valdemar presenterade sitt problem.

- Du kan blanda i en liten skvätt mjölk så blir den inte grynig.

Men ta inte för mycket för då går det in att vispa den. Svarade konditorn.

Valdemar började experimentera i sin ensamhet. Efter några försök kom han på hur det fungerade. Det blev åtta ståtliga tårtor som stod där på köksbordet. Han lade ned dem i brödbackarna och ringde efter en taxi. När taxin kommit frågade Valdemar om inte föraren kunde hjälpa till med tårtorna för han var rädd att tappa dem.

Taxichauffören som var en invandrare hoppade glatt ur bilen för att hjälpa till. Han tog tårtlådorna en och en med två tårtor i varje. Han placerade dem försiktigt i bagageutrymmet. När Valdemar hade låst ytterdörren och satt sig i bilen tackade han för hjälpen.

- Det är väl klart att man skall hjälpa till. I mitt hemland brukar vi alltid hjälpa till, men ni svenskar är alltid så rädda för oss.

Väl framme fick Valdemar hjälp att lasta ur tårtorna och sätta dem på ett rullbord som en av biträdena kommit ned med.

Valdemar hade bestämt att alla på avdelningen skulle vara med på tårtkalaset. Vårdpersonalen hade dukat fint i dagrummet. Nu var det dags att hämta patienterna. Alla som jobbade på avdelningen försvann in på rummen för att hämta patienterna.

En del kunde gå för egen maskin och en del fick hjälp med stöttning. Det fanns ingen av patienterna som var så dålig att de ville missa det här kalaset. När alla var samlade höggs det in på tårtorna. Några tog bara en liten smakbit, men de tyckte det var gott med hembakad tårta så de tog en bit till. En av tårtorna ställdes i personalens kylskåp så de som ej var i tjänst skulle få tårta också. Alla berömde Valdemar för tårtorna, men han slog ifrån sig blygt.

Stolt sa Olga.

- Valdemar inte visste jag att Du var så duktig i köket.

- Jag har alltid velat hjälpa till, men jag fick ju inte för dig, svarade Valdemar.

Midsommarfesten

av: Sten Axelson

Det är midsommarafton och vi skall ha fest för släkt och vänner. Barn och barnbarn kom redan i går. Både min hustru och jag har varit tidigt uppe för att börja med förberedelserna, så när klockan närmar sig tre börjar vi bli klara.

- Nu är det dags för er att gå upp till ängen där midsommarstången står, säger jag. Det kommer att bli musik och dans och lekar, så ge er iväg nu så ni inte kommer för sent.

Min tanke är att hustrun och jag skall få en liten paus och vila oss lite.

- Du måste följa med farfar, deklarerar minsta barnbarnet Egon 8 år.

- Nej det går inte, jag har lite jag måste göra medan ni är borta.

- Du måste följa med annars går inte jag heller.

- Det är klart att farfar följer med, lägger sig hustrun i oombedd.

Och därmed är saken avgjord. På ängen har det samlats mycket folk. Lekledare är en bilförsäljare från Skara som är sommarboende i vår by. En odräglig typ som jag aldrig riktigt har kunnat tåla.

Först är det musikunderhållning och vi sitter på en filt i gröngräset och festar på innehållet i den kaffekorg vi tagit med oss. Just som jag börjat tycka att det här är ju riktigt trevligt så skriker den odräglige:

- Nu skall vi börja med lekarna och först blir det säcklöpning. Det blir stafett med sex personer i varje lag.

- Du skall vara med i mitt lag, bestämmer Egon.

- Jag är för gammal för sådant säger jag, ta med pappa i stället.

- Jag vill att du skall vara med gnäller Egon, samtidigt som hans underläpp börjar darra lite.

- Kom igen farsan, säger hans pappa som även är min son. Nu får du ställa upp lite.

Ja det får jag ju göra, så jag blir startman i vårt lag. Från startlinjen skall vi med fötterna i en säck hoppa runt stången och tillbaka, kanske trettio meter. Trettio meter låter inte mycket, men det är det för en man i min ålder och när jag lämnar över säcken till Egon så rinner svetten efter ryggen och det flimrar för ögonen när jag flämtande kastar mig ner på filten. Vad som händer sedan vet jag inte riktigt, men en stund senare ruskar Egon i mig och skriker:

- Vi vann farfar. Det gjorde inget att du var dålig på att hoppa för vi andra var så bra att vi vann ändå. Men nu skall vi dansa runt midsommarstången så res på dig nu och ligg inte där och lata dig.

Den odräglige bilhandlaren håller igång oss med en massa ringlekar, så som små grodorna, mormors lilla kråka och mycket annat svettdrypande i samma stil. Han håller på alltför länge och jag riktigt känner att en hjärtinfarkt snart är oundviklig när han äntligen blåser av och vi kan gå hem.

När vi är på väg hem frågar Egon mig:

- Tyckte du det var roligt farfar?

- Ja jätteroligt svarar jag.

När vi en stund senare är hemma ställer farmor samma fråga till Egon om han tyckte det hade varit roligt.

- Nej det var inget vidare, men farfar tyckte det var jätteroligt.

Innehållsförteckning